林伯謙 ◆ 著

頤情典墳，誦詠清芬
謝朝華於已披，啟夕秀於未振
籠天地於形內，挫萬物於筆端

緒　言

　　南宋劉子翬〈試梁道士筆〉云：「善將不擇兵，善書不擇筆。」善於統率部隊的將領，不必選兵即能打勝仗；擅長書法的大家，不必選筆自能揮灑自如。這話說得不錯，韓信與漢高祖劉邦論兵之時，劉邦問：「如我能將幾何？」韓信說：「陛下不過能將十萬。」劉邦反問：「於君何如？」韓信回答：「臣多多而益善耳！」劉邦笑道：「多多益善，何為為我擒？」韓信云：「陛下不能將兵而善將將，此乃信之所以為陛下擒也；且陛下所謂天授，非人力也。」

　　不論善將兵的韓信，或善將將的劉邦，他們精通領導統御，確實得之「天授」，並非仰仗後天學習的「人力」；然而天才本是不世出，任何專業學門，既然號稱專業，就有其特殊性，若缺乏前人啟蒙指引，並為之建立施行通則，光是要等待不世出的天才來創新突破，那麼這項專業必因後繼無人而沉寂消亡；這也是為什麼孟子會強調：「不以規矩，不能成方圓」；而韓愈要說：「莫為之前，雖美而不彰；莫為之後，雖盛而不傳」的原因。

　　再者，即使是稀世的寶玉，若沒經過琢磨加工，仍然只是一塊頑石，難以散發出動人的光輝。王安石筆下的方仲永，沒人教導，自己就會寫字題詩，的確是神童，但他卻在長期缺乏受教的情況下，泯沒成為一介凡夫。所以不論各行各業，要成就一點氣候，總得「祖師爺賞口飯吃」；但美好的才質，若指望成器，仍須厚殖學養，積貯實力；即使深思熟讀同一部好書，由於時空環境的轉換，人生閱歷的成長，也都會不斷增進個人的生命能量。「文章由學，能在天才；才自內發，學以外成。有學飽而才餒，有才富而學貧。學貧者，迍邅於事義；才餒者，劬勞於辭情。」因此劉勰說：「才為盟主，學為輔佐；主佐合德，文采必霸。」而古文必須透過學習，資之深以取之左右逢其源，理亦如是。

　　雖然陸游〈春殘〉詩云：「庸醫司性命，俗子議文章。」似乎談論文章寫作者，皆不脫三家村夫子之流；但果真「文無定法」、「文成法立」，文章實不可論嗎？須知「文無定法」並不等於行文無法；「文成法立」也未必文成即有法立。偏執「文無定法」，實際上是否定前修樹立典範的可貴；主張「文成法立」，實際上是否定承先啟後的功能，而沒有典範與承啟，也就無所謂學習與超越了。文章從最高層次來說，是可以全然無法的，但無法仍須從有法開始，此亦所謂「超乎象外，得其環中。」這是行文的自然規律，唯其秉持「敢將詩律鬥森嚴」的勇氣，不刻意畏避，也才有視規律如無律的希望。

　　漢代程不識軍紀嚴明，部隊往往不得休息，遠遠不如

李廣治軍從容，而匈奴反畏李廣之略，士卒亦多樂隨李廣，願為之死，但程不識卻有一針見血的評論說：「李廣軍極簡易，然虜猝犯之，無以禁也；我軍雖煩擾，然虜亦不得犯我。」畢竟像李廣的才氣也是教不出來的，因此對初學者而言，站樁、蹲馬步固然是枯燥死板的差事，卻是入門最受用的基本功。

這份手稿，寫作時間很早，字數不多，內容淺白，並未援用新近學術論文格式，目的是為中文系新生而寫，我在平時上課也會從中舉幾個例子做說明，但總嫌單薄，於是擱在書袋好一段時日。感謝研究生卓伯翰、林宏達願意代為打字、排版，於是我再校對一過，並增加附錄，託由秀威資訊科技以新型出版方式發行。

「聞鐘始覺山藏寺，傍岸方知水隔村。」此聯既是寫景，也未嘗不道盡生命高峰需努力跋涉不輟，且讓這本小書當成我從事學術研究的一段記錄吧。

林伯謙　于東吳愛徒樓

目次

第一章

散文的名義

　　「散文」一詞產生的時代不會太早，大致說來，應不早
於北宋末；但也不晚於南宋初。南宋羅大經《鶴林玉露》卷
二即引周益公（周必大封益國公）的話，說：

　　　四六特拘對耳，其立意措辭，貴於渾融有味，與散
　　　文同。

　　周必大這番話是專為劉錡追贈太尉的制詞而說；劉錡卒於
完顏亮渡江被殲之後，可見南宋紹興年間，已有「散文」這名
詞出現。但是北宋沈括《夢溪筆談》卷十四又說：「往歲士人
多尚對偶為文，穆修、張景輩始為『平文』，當時謂之『古文』。」
朱弁《曲洧舊聞》卷九也說：「方古文未行時，雖小簡亦多用
四六，而世所傳宋景文公《刀筆集》，雖平文而務為奇險，至
或作三字韻語，近世蓋未之見。」

　　這說明了「散文」在北宋初期稱為「古文」，後來一度改
稱「平文」，而「散文」又是從「平文」轉化而來，若要成為
約定俗成的通稱，可能還需一段時間，因此「散文」一詞的
成立，自不早於北宋末期。

　　（譚家健《中國古代散文史稿》附錄〈「散文」源流小考〉，
引用馬茂軍的研究，認為「散文」作為文體概念，「已在北宋
初年的佛經中出現」，因贊寧《宋高僧傳》卷三〈唐大聖千福
寺飛錫傳〉有云：「奉詔於大明宮內道場同義學沙門良賁等十
六人，參譯《仁王護國般若經》并《密嚴經》。先在多羅葉時，
並是偈頌，今所譯者，多作散文。」另北宋畢仲游《西臺集》
卷一討論科舉考試的一段話也說：「詩賦則有聲律而易見，經
義則是散文而難考。」「散文」與「詩賦」相對，並與經義考

試聯繫，可見是指散體文。以上論點，頗可商榷。理由是贊寧〈飛錫傳〉的話，實有所本，唐代宗為〈大乘密嚴經〉作序已經說：「夫翻譯之來，抑有由矣。雖方言有異，而本質須存。此經梵書，並是偈頌，先之譯者，多作散文……。」自佛教十二部經來看，與「偈頌」字數整齊形式相異者，應屬「長行」，但「長行」不像「散文」那麼簡單易懂，所以就用「散文」取代之，「散文」只是十二部經中的一種書寫形式，還不能普遍成為辭章學的文體名；何況「散文」一詞，不只見於唐代宗的序，在代宗之前，如姚秦三藏筏提摩多譯龍樹《釋摩訶衍論》卷二也有頌云：「於本論雖明，今更作重釋，將契經散文，屬斯論總言。」因此《宋高僧傳》的資料，不足以當成文體名稱之始；再從畢仲游的話意來看，「詩賦」應與「經義」對舉，而「散文」是與「聲律」相對，由下文云：「詩賦所出之題，取于諸書而無窮；經義所問之目，各從本經而有盡。詩賦則題目百變，必是自作之文；經義則理趣相關，可用他人之作。詩賦則難為豫備，足見舉人倉猝之才；經義則易為牢籠，多是舉人在外所撰文字。詩賦則惟校工拙，有司無適莫之心；經義則各尚專門，試官多用偏見以去取。」就很明顯看出來了。此處「散文」單純指一種不押韻、字句參差的表現形式，也非文體專有名稱。「散文」真正成為文體專門術語，仍應在南北宋之交。）

　　從前文所引資料，便能看出「平文」和「散文」是與四六駢體文相對的名詞；駢文講究縟麗的詞藻、豐富的典故、諧美的聲律、對偶的句法，因此所謂「平文」、「散文」，即指不受形式侷限，能變化隨心的「平易之文」、「散行之文」。

　　至於北宋初期所謂「古文」，乃是承襲唐代古文運動對文章的稱呼，而與盛極於時的駢文另一種稱謂──「時文」相對，歐陽修〈蘇氏文集序〉最能說明這種情形：

> 　　（蘇）子美之齒少於予，而予學古文反在其後。天聖之間，予舉進士於有司，見時學者務以言語聲偶摘裂，號為時文，以相誇尚，而子美獨與其兄才翁及穆參軍伯長作為古歌詩雜文，時人頗共非笑之，而子美不顧也。其後天子患時文之弊，下詔書，諷勉學者以近古，由是其風漸息，而學者稍趨於古焉。（《居士集》卷四十二）

雖然「散文」一詞起源稍晚，但中國原是尚文的國度，所以孔子說：「周監於二代，郁郁乎文哉！吾從周。」（《論語・八佾》）《左傳・襄公二十五年》也引孔子說：「言之無文，行而不遠。」再如〈襄公三十一年〉這段話：「子產之從政也，擇能而使之。馮簡子能斷大事；子太叔美秀而文；公孫揮能知四國之為，而辨於其大夫之族姓、班位、貴賤、能否，而又善為辭令；裨諶能謀，謀於野則獲，謀於邑則否。鄭國將有諸侯之事，子產乃問四國之為於子羽，且使多為辭令，與裨諶乘以適野，使謀可否，而告馮簡子，使斷之，事成乃授子太叔使行之，以應對賓客，是以鮮有敗事。」這是說子產善於用人，在外交方面，一定先請精通各國情報的子羽（公孫揮）撰擬幾份辭令稿，然後和裨諶坐車到郊外先行策畫，再由馮簡子決斷，最後就交子太叔執行。如此周密的程序，更讓人體會文辭與當時政治社會息息相關，而「散文」興起的久遠，自可見一斑。但是兩漢以前，

並無嚴格的駢散區分，凡撰述都稱「文章」，如《史記‧儒林傳》云：「臣謹案詔書律令下者，明天人分際，通古今之義，文章爾雅，訓辭深厚，恩施甚美。」便是一例。

「文章」一詞沿用到後代，不僅駢文、散文稱「文章」，即使是有韻的詩賦也照樣稱「文章」，如歐陽修〈送梅聖俞歸河陽序〉云：「士固有潛乎卑位，而與夫庸庸之流俯仰上下，然卒不混者，其文章才美之光氣，亦有輝然而特見者矣。」（《居士外集》卷十四）

「文章」在六朝時期還一度分為「文、筆」，劉勰《文心雕龍‧總術》就說：「今之常言，有文有筆。以為無韻者筆也；有韻者文也。夫文以足言，理兼詩書，別目兩名，自近代耳。」可見晉宋以來，凡有押韻，如碑銘頌贊，皆與詩同稱為「文」，否則便叫做「筆」。范曄〈獄中與諸甥姪書〉對此分別得很詳細：

> 手筆差異，文不拘韻故也………。吾雜傳論（指《後漢書》），皆有精意深旨，既有裁味，故約其詞句；至於〈循吏〉以下，及〈六夷〉諸序論，筆勢縱放，實天下之奇作………。贊自是吾文之傑思，殆無一字空設………。（《全宋文》卷十五）

范曄說到《後漢書》史傳、序論因無押韻，故稱「筆」；史贊有押韻，故稱「文」。後來梁元帝對於「文、筆」又有不同的定義，《金樓子‧立言篇》說：

> 今之儒，博窮子史，但能識其事，不能通其理者謂之「學」。至如不便為詩如閻纂，善為章奏如伯松，若此

之流，泛謂之『筆』。吟詠風謠，流連哀思者謂之
「文」……。「筆」退則非謂成篇，進則不云取義，神
其巧惠，筆端而已。至如「文」者，維須綺穀紛披，
宮徵靡曼，脣吻道會，情靈搖蕩。而古之「文筆」，今
之「文筆」，其源又異。

按照如此分法，當時盛行的駢文就是「文」；衰落的散文
便是「筆」。直至唐代，仍能見到「文筆」或「詩筆」的稱呼，
如劉知幾《史通·自序篇》說：「余初好文筆，頗獲譽於當時；
晚談史傳，遂減價於知己。」（卷十）趙璘《因話錄》卷三說：
「韓文公與孟東野友善。韓公文至高；孟長於五言，時號『孟
詩韓筆』。」杜牧〈讀韓杜集〉：「杜詩韓筆讀來愁，似倩麻姑
癢處搔。」（《樊川詩集》卷二）在這裡，「文筆」或「詩筆」
不過是典雅的稱呼，不像六朝還存有「文」優「筆」劣的特
殊觀念。

另由於韓愈提倡復古，所以他所寫的文章便自稱「古文」
（案：司馬遷〈自序〉說：「年十歲則誦古文」，「古文」泛指
「古代典籍」，與「文章之古」所指稍異），其〈與馮宿論文
書〉說：

僕為文久，每自則意中以為好，則人必以為惡矣。小
稱意，人亦小怪之；大稱意，即人必大怪之也。時時
應事作俗下文字，下筆令人慚，及示人，則人以為好
矣。小慚者，亦蒙謂之小好；大慚者，即必以為大好
矣。不知古文直何用於今世也？然以竢知者知耳。（《韓
昌黎文集校注》卷三）

又〈題歐陽生哀辭後〉說：「愈之初為古文，豈獨取其句讀不類今者邪？思古人而不得見，學古道則欲兼通其辭；通其辭者，本志乎古道者也。」（卷五）韓愈所謂的「古」，正是橫佚八代，上繼秦漢的意思，這顯然與六朝麗辭的唯美主義大相逕庭，也因而導致駢散從此勢同水火，戾如仇讎！

此後直到明清，還是有人稱「散文」為「古文」，清代程廷祚《青溪集》卷十〈與家魚門（其姪兒程晉芳，字魚門）論古文書〉正說明兩點原因：「一則對科場應試之文而言；一則由唐宋諸子自謂能復秦漢以前之文而言。後代言文者，率以唐宋為依歸……而自命為『古文』。」所以像方苞有《古文約選》；姚鼐有《古文辭類纂》的選編。

綜觀散文在我國文學發展過程中，除有「散文」之名，也有「文章」、「筆」、「古文」、「平文」等別名，現代人不是稱之為「散文」或「古典散文」，便是稱「文章」或「古文」，「筆」和「平文」則廢而不行，至於，詩歌詞賦，目前已罕用「文章」來稱呼了。

清末民初的陳衍（號石遺）曾寫了一篇〈散體文正名〉，認為今人寫的文章是今人之文，古人寫的文章是古人之文，古人不一定勝過今人，今人也不一定不如古人，實在沒有必要託名於古，他說，「古文」一詞，從韓愈開始就錯了，如果今人寫的文章是古文，那麼今人難道也可以說是古人嗎？因此他的結論是，「古文」一詞可廢，僅用「散文」一詞就可以了。

陳氏的說法看似合乎邏輯，實際上卻忽略了今人縱然不是古人，仍能依照古人的句式、語法或名家特殊神韻，寫出

道地的「古代之文」，姑且不論這篇「古代之文」是剿竊套襲或胎息孕化；是格調庸鄙或風神獨具，畢竟它是今人寫出來的「古文」。試看韓愈〈題歐陽生哀辭後〉，「取其句讀不類於今」，「不類於今」正說明形式的古；但他還不以此自足，他認為「學古道則欲兼通其辭；通其辭者，本志乎古道者也」，正說明他的精神與古人相契，他要藉由古文辭來闡揚古道，可見韓愈自己坦承是「今人寫古文」，陳氏反而疏忽他的話了。雖然陳氏以時間區隔今古沒什麼大錯，但此舉不僅會抹殺文學傳承的軌跡，也容易造成混淆的情況，模糊了文體的本質，且以目前用白話描繪周遭人事，或敘述個人經驗感情的「散文」來說，難道不會與古文辭寫出的「散文」混淆嗎？「現代散文」是繼承晚明小品獨抒胸臆，手寫我口的特色，稱之為「散文」本無不當；但為使人易懂，免於誤會，保留「古文」（即「古典散文」）一詞，並不為過。

第二章

散文的流變

　　散文的興起既然非常久遠，在它開展過程，必迭有盛衰，為了便於敘述，以下且以朝代為經（其實各種學術的演進，都有軌跡可尋，並不完全取決於朝代興亡，但社會環境對學風仍有其影響力在），諸家名著為緯，略予說明。

一、先秦

　　先秦時代可說是散文的萌芽期。儒家經典多半在這個時期完成，古代讀書人無不將經典視同泰山北斗，於是產生文學從經典而來的宗經觀，從劉勰《文心雕龍‧宗經》說：「論說辭序，則《易》統其首；詔策章奏，則《書》發其源；賦頌歌讚，則《詩》立其本；銘誄箴祝，則《禮》總其端；記傳盟檄，則《春秋》為根」，以至清代劉熙載《藝概‧文概》仍說：「六經，文之範圍也，聖人之旨，於經觀其大備，其深博無涯涘，乃《文心雕龍》所謂『百家騰躍，終入環內者也』。」顯然給予經典極崇高的評價。大致說來，散文發展是從簡短的口語記言，進為長篇抒論，其間分界，就在春秋戰國時代。這時期無論記載歷史事實或表現哲學思想的散文，全因經濟政治與社會結構的劇變，而有重大的進展。

　　從史傳方面說，像《左傳》記載一事，雖有千頭萬緒，但卻善於剪裁，使輕重疏密各如其分，聲情語態也妙到毫顛；《國語》看似重規疊矩（柳子厚批評它「繁蕪蔓衍」，見《柳集》卷四十五《非國語》），實際上卻是敘事極詳，

句句各有所指，不應視為繁複；《戰國策》記錄說客縱橫捭闔之術，極巧言善辯之能事，文字技巧，也不在《左傳》、《國語》之下。

從諸子方面來看，儒家的《孟子》疏蕩明快，而譬喻假設，翻騰議論，頗雜縱橫家氣息；《荀子》穩重沈郁，幾近純粹儒者之言，渾厚之中自有淵懿之光，後代文家由於韓愈的揚孟抑荀，因此得力於《孟子》的較多。大致而言，儒家之文能「衍」（敷張）；法家之文能「推」（深求），《韓非子》意理深刻尖銳，如剝蕉抽繭，每教人辭窮俯首，最為法家代表；又像《莊子》的天才特出，想像超人，以謬悠之說，荒唐之言，無端崖之辭表現生命的情態，他的文章汪洋恣肆，機趣橫生，蘇東坡因而嘆稱：「吾昔有見，口未能言；今見是書，得吾心矣。」（《宋史・蘇軾傳》）可說為道家散文譜出完美的樂章。

戰國之時，諸子爭鳴，九流歧出，不僅在中國思想界放射耀眼光芒，就是散文創作，也因氣質觀念的差異而呈現不同風貌。從李斯個人思想轉變來看，便覺得非常明顯。李斯原是楚國的小吏，因見到廁中老鼠與米倉老鼠生活環境的迥異，於是發憤追隨荀子學帝王之術，學成便以說客姿態入秦。後遇秦王逐客，李斯上書諫論，辭采偉麗，音節頓挫，仍不脫策士游說的長技。後來秦國統一天下，李斯相秦，習染反文尚法的風氣，不論頌德刊石，或書奏章表文字，便顯得質樸整穆而且深刻精要，環境移人，於此可見一斑。

二、兩漢

　　兩漢散文仍延續先秦諸子散文與史傳散文的兩條路線，但這時繼承諸子思想的散文家，已不純粹屬於哪一流派，像《漢書·藝文志》著錄的儒家——陸賈、賈山、賈誼等，無論上書或論辯都有縱橫家的味道，這是因為儒家從戰國以來，逐漸染有策士之風的緣故。策士之文，指事類情，明快駿發，正是他們共通的一大特色。

　　漢代史傳文以《史記》、《漢書》為代表。《史記》是司馬遷身罹腐刑之餘，忍辱完成的偉大著作，東漢末年的王允稱它是「謗書」（《後漢書·蔡邕傳》），但司馬遷在不違背史實的情況下，又能微言譏刺，一抒悲憤，若無深厚的文學涵養，是不可能辦到的。班固《漢書》以整飭精贍見長，《後漢書·班固傳論》說：「司馬遷、班固父子，其言史官載籍之作，大義粲然著矣。議者咸稱二子有良史之才。遷文直而事覈；固文贍而事詳。若固之敘事，不激詭、不抑抗，贍而不穢，詳而有體，使讀之者亹亹而不厭，信哉其能成名也。」（卷四十）《文心雕龍·史傳》也特別稱讚班固的文章：「其〈十志〉該富，讚序宏麗，儒雅彬彬，信有遺味。」

　　如以文學形式而論，《史記》承漢初平淺樸實的氣質，所以善運散行文字；《漢書》受當時賦篇華麗鋪陳文風的影響，兼多排偶句法。從《史記》的單筆以至《漢書》的複筆，可見文章由散趨駢的態勢已定。東漢至初唐是駢文佔上風的時代；因此士人多愛《漢書》，直到韓柳力揭古

文（案：柳宗元並不是特別反對駢體，只是「不苟為炳炳烺烺，務采色，夸聲音，而以為能」的徒具表象之作，他認為「文者以明道」，文章是為了彰顯事理而為，這「道」字與韓愈所說，僅限儒家的「孔孟仁義之道」並不同。）《史記》的地位才大幅提升。

漢代除了諸子散文與史傳文之外，又有從二者蛻變出來的文士之文，這些文士皆擅長體製宏偉、筆調誇張、用字艱深的長篇大賦。其中如枚乘、嚴忌、鄒陽、司馬相如等，以文學娛遊帝王侯國間；蔡邕以曠世逸才，鎔經鑄史，為人作碑傳文。前者已漠視了思想的表達；後者也失去歷史求真的原則，文學的體製，因而越來越走向極端形式美的道路。

三、魏晉南北朝

這是散文極度衰微的時期。以文學遊走帝王諸侯的文士，皆推王侯為首，形成派系集團，各集團或因文學主張，或因政治立場的差異，互相角力較勁，這時期的文學即是「貴遊文學」。「貴遊文學」固然可以上溯至戰國養士之風，但真正形成以詞章互競短長的集團，仍要從曹魏開始。曹植〈與楊德祖書〉儼然以文壇耆宿的口氣，批評孔子以下，文辭無人不病；當世作家徐陳應劉等人，「猶復不能飛軒絕跡，一舉千里」；曹丕《典論‧論文》一開頭也挑明「文人相輕」的毛病，並稱美七子「於學無所遺，

於辭無所假」，這正是牽涉到兩人嗣位之爭和集團立場不同，所引發歧異的文學批評攻防戰。

又如曹丕寫給吳質的兩封信，也都提到貴遊盛況，我們可引錄一段來欣賞：「每念昔日南皮之遊，誠不可忘！既妙思六經，逍遙百氏。彈碁間設，終以六博。高談娛心，哀箏順耳。馳騁北場，旅食南館。浮甘瓜於清泉，沉朱李於寒冰。白日既匿，繼以朗月。同乘並載，以遊後園……。」從這段文字也能發現，貴遊文學競騁文華的結果，已促使文學辭采更趨誇飾雕縟，排偶句取代錯落的單行句；甚至聲律的精研，類書的編製採擇，也都逐步增加文章在感官（視覺、聽覺）和心靈的享受。

誠如陳衍《石遺室論文》所說：「三國六朝散體文可論者甚少」，僅賴寥寥數篇，如諸葛亮〈出師表〉、王羲之〈蘭亭集序〉、陶淵明〈桃花源記〉、〈五柳先生傳〉、〈與子儼等疏〉，堪維繫散文於不墜。至於北朝，因民性剛健，所以辭章還保存貞剛氣質，《北史‧文苑傳》說：「江左宮商發越，貴於清綺；河朔詞義貞剛，重乎氣質。氣質則理勝其詞，清綺則文過其義。理深者便於實用，文華者宜於詠歌。此其南北詞人得失之大較也。」只是貞剛氣質仍以較整齊的偶式句表達出來，這是大勢所趨。衛操、高允（平城時期軍國書檄，多出其手，《魏書‧高允傳》云：「自高宗迄於顯祖，軍國書檄，多允文也。末年乃薦高閭以自代。」）高閭（《魏書‧高閭傳》云：「文明太后甚重閭，詔令書檄，碑銘讚頌，皆其文也……。閭好為文章，軍國書檄詔令碑頌銘贊百有餘篇，集為三十

卷。其文亦高允之流，後稱『二高』，為當時所服。」）
袁翻、常景（史臣曰：「袁翻文高價重，其當時之才秀歟！」
「常景以文義見宗，著美當代。覽其遺稿，可稱尚哉。」）
等人足以備數。

　　魏收所撰《魏書》卷二十三曾稱衛操「文雖非麗」，
可見魏收深受南朝唯美文學影響，而有如此評論，《北史》
卷五十六〈魏收傳〉就說魏收每譏議邢邵，「邵曰：『江
南任昉，文體本疏，魏收非特模擬，亦大偷竊。』收聞之
曰：『伊常於沈約集中作賊，何意道我偷任！』」又卷六
十二〈柳慶傳〉：「尚書郎蘇綽語慶曰：『近代以來，文
章華麗，迄於江左，彌復輕薄，而洛陽後進，祖述未已！』」
可見北人對麗辭的喜好，不下於南朝，散文至此已不絕
如縷。

　　值得稱道的是，北朝四部名著──酈道元《水經注》、
楊衒之《洛陽伽藍記》、顏之推《顏氏家訓》、賈思勰《齊
民要術》。他們原不為辭章而著述，所以頗能保持北方一
貫質樸的氣息。《水經注》模山範水，文筆清雋警練，足
以上追東漢馬第伯〈封禪儀記〉，下啟唐代柳宗元的山水
名篇；《洛陽伽藍記》與《顏氏家訓》《四庫提要》云：
「其文穠麗秀逸，煩而不厭，可與酈道元《水經注》肩隨。」
「今觀其書，大抵於世故人情深明利害，而能文之以經
訓。」《齊民要術》專主民事，又博採異聞，多可觀采，
在農家最稱翹楚。另如梁朝裴子野、北周蘇綽的務質樸、
崇經製，大有眾人皆醉我獨醒的氣概，也可稱是古文運動
的先驅。

　　特別值得一提的是佛法東來以後，到這時，譯經事業也逐漸開展。譯經之初，對於譯法的文、質、繁、簡，難免各有所偏，但為顧及譯文正確無訛，且能廣令大眾接受，最後多採既不工巧，也不拙魯，明白曉暢，深入淺出的翻譯原則；而在辯論性文字上，除名相辨析精確外，層次分明的論說方式，也同樣令人激賞，梁僧祐所編《弘明集》就是代表，這對於古文復興及散文的議論技巧，都有潛在的影響力。

四、唐宋

　　散文到了唐宋，經由韓歐多人的努力，重新奠定不朽的根基。被尊為「文起八代之衰」的韓愈，高舉思想復古與文學復古的大纛，提倡儒術，排擊佛老；恢復古文，痛斥駢儷，以闡揚聖道為目的，撰寫古文為手段，從他〈答陳生書〉說：「愈之志在古道，又甚好其言辭」，我們就能瞭解他是文道並重的。只是復古在韓愈之前也有多人提出，為什麼到韓愈才蔚為風氣，喧騰一時，且又得到宋人繼承？原因除唐代遭逢安史之亂與藩鎮割據，韓愈適時提倡儒術，匡救政俗弊害，申明夷夏大防，且獎掖後進，抗顏為師外，主要仍靠他那雄肆險渾的筆力，善於描繪複雜多樣的內容，名義上雖是復古，實際上卻是創新。〈答李翊書〉說：「為陳言之務去」；〈答劉正夫書〉說：「師其意不師其辭」；《樊紹述墓誌銘》也說：「為古於詞必

己出，降而不能乃剽賊，後皆指前公相襲，從漢迄今用一律。」在在可見韓愈立意不存古人面目，俯仰無愧的自得神采，林琴南《韓文研究法》開宗明義點出：「韓氏之能，能詳人之所略，又略人之所詳。」正說明韓文不同流俗的特質，至於這種特質，全由磅礴的氣勢營造而成，韓門弟子如李漢、皇甫湜，以及後世文家多注意到這點，在此僅錄蘇洵〈上歐陽內翰第一書〉以供參考：「韓子之文，如長江大河，渾浩流轉，魚黿蛟龍，萬怪惶惑，而抑遏蔽掩，不使自露，而人望見其淵然之光，蒼然之色，亦自畏避，不敢迫視！」

唐代散文的另一位大家柳宗元，本是積極參與政治改革的人物，但當改革遭到保守勢力的反撲失敗後，他也因此一蹶不起，最先被貶永州十年，後又調為柳州刺史，以致死在柳州，才四十七歲。由於柳宗元這麼特殊的生平，反而造成他在文學上的卓爾不群，韓愈〈柳子厚墓誌銘〉即說：「子厚斥不久，窮不極，雖有出於人，其文學辭章，必不能自立以至必傳於後，如今無疑也。雖使子厚得所願，為將相於一時，以彼易此，孰得孰失，必有能辨之者。」韓愈還推崇柳文「雄深雅健，似司馬子長」（見劉禹錫《唐故柳州刺史柳君集》），但這只是舉其大要，若仔細分析韓柳差異，我們會發現韓以孔孟繼承人自居；柳則兼容數家，不純為儒者，甚至從文章的遣辭，義理的析辨上看，柳宗元更近於名法之流，韓愈〈墓誌銘〉稱「子厚少精敏」「俊傑廉悍，議論證據今古，出入經史百子，踔厲風發，率常屈其座人」，這跟「仁義之人，其言藹如」的恂恂儒

者之風就截然不同。

在子厚文集中，不僅考證論辯文字不在少數，影響所及，一般作品也都顯現精雅峭深的風貌，山水遊記描摹精澈，意味雋永；寓言作品狀聲繪影，諷寓深刻，無不是名法精神的體現。但是子厚思想涵蓋面很廣，文集中另外也有儒、釋、道的思想，這種思想全數為子厚所統合融貫於創作之中，絲毫不覺其衝突矛盾。從宋朝歐陽修開始，就因子厚思想「不純正」而加以排擠，到清代桐城派，方苞詆之最甚，姚鼐對他也頗有微詞，其實子厚能成為一代大家，與韓愈同執文壇牛耳，絕非偶然，《石遺室論文》分析柳文五項特點云：「出筆遣詞，無絲毫俗氣，一也。結構成自己面目，二也。天資高，識見頗不猶人。根據具言人所不敢言，四也。記誦優，用字不從抄撮塗抹來，五也。」

宋代詩文至仁宗慶曆年間大變，主導一時風會的，正是紹承昌黎志緒的歐陽修，歐陽修發揚古文的用心，從他〈記舊本韓文後〉便能瞭然，文中說他小時候在同學家的破書筐中找到《韓昌黎文集》，覺得喜歡便索取回去讀，後來為了科第，仍以詩賦為事，「年十有七，試于州，為有司所黜，因取所藏韓氏之文復閱之，則喟然嘆曰：『學者當至於是而止爾！』因怪時人之不道，而顧己亦未暇學，徒時時獨念于予心……。後七年，舉進士及第，官于洛陽，而尹師魯之徒皆在，遂相與作為古文，因出所藏《昌黎集》而補綴之，求人家所有舊本而校定之。其後天下學者亦漸趨於古，而韓文遂行於世，至於今蓋三十餘年矣，學者非韓不學也，可謂盛矣！」

　　歐陽修既然喜愛韓文，但韓文陽剛的筆力，到歐陽修卻轉成陰柔（陰柔並非脆弱不堪，而是極有韌勁）的情韻，前引蘇洵〈上歐公書〉，除品騭韓文特色外，接著也論述歐文，合以觀之，顯然有著強烈的對比：「執事（指歐陽修）之文，紆餘委備，往復百折，而條達疏暢，無所間斷；氣盡語極，急言竭論，而容與閒易，無艱難勞苦之態。」可見人的才性各有所宜，絲毫勉強不得！

　　與歐陽修同時以古文名家的還有曾鞏、王安石、蘇洵、蘇軾、蘇轍。宋代古文鼎盛和他們有密切關係，因此明代茅坤《唐宋八大家文鈔》便取唐代韓柳與六家之文彙編成書（明初朱右採錄八家之文為《八先生文集》，但已不傳，另宋代呂祖謙《古文關鍵》也收八家文章，只是王荊公不在此列，而由張耒殿末。）古文八家之名於是不脛而走。

　　宋代六家中，歐曾二家，性質最相近，晁公武《郡齋讀書志》稱：「歐公門下多為世顯人，議者以子固為得其傳。」姚鼐〈復魯絜非書〉也說：「宋朝歐陽、曾公之文，其才皆偏於柔之美者也。」但歐曾的文章仍同中有異，歐文妙處在於風神；曾文的議論醇正，雍容大雅，實有取法漢代劉向之故。

　　三蘇文共通的特徵是：縱橫家氣息濃厚，頗有孟子「說大人則藐之」的氣概。老蘇原以謀策不凡自負，所以他帶二子赴京進謁歐陽修，便呈上《幾策》、《權書》、《衡論》等作，而據《宋史・蘇軾傳》說：「軾與弟轍，師父洵為文」（卷三三八），所以兩兄弟雖在少年，已有崢嶸氣象，其後軾轍二人各因學問人事的歷練增長，才脫離乃

父藩籬，大蘇為文越奇，小蘇則為文越淡。至於蘇家權譎之筆，也有不合時宜或私智穿鑿處，林琴南《畏廬論文》分析他們的優缺點，可以說一針見血：「蘇家文字，喻其難達之情，圓其偏執之說，往往設喻以亂人視聽，驟讀之，無不點首稱可，即詳按事理，則又多罅漏可疑處；然蘇氏之文，多光芒有氣概，如少年武士橫槊盤馬，不戰已足屈人之兵，後人不足於理而但求足於文勢，不能不抄故籍，因事設譬，一譬足矣，又復求多，於是柶響騰於紙上，滯氣積於行間，則貪多之病也。」

　　南宋朱子對於蘇氏文章就頗為痛惡，在他的文集、語類中可以看到不少攻擊性文字（如《朱文公文集》卷四十六〈答詹元善第二書〉說：「蘇氏兄弟乃以儀秦老佛合為一人，其為學者心術之禍，最為酷烈，而世莫之知也。」）《鶴林玉露》卷二也引了朱熹對蘇氏的二十八字彈文：「以精深敏妙之文，煽傾危變幻之習」、「早拾蘇張之餘緒，晚醉佛老之糟粕」，語氣雖不善，對於蘇家文字的特點，確實有深刻體認。

　　但朱子對蘇氏的詆毀，乃是涉及門派之爭，情緒上不免反應過度，我們根據陸游《老學庵筆記》卷八的記載，從南宋高宗以來，蘇氏文章便廣為士子所喜愛，甚至有成語說：「蘇文熟，喫羊肉；蘇文生，喫菜羹。」況且東坡文如行雲流水，能行於所當行，止於所不可不止，嘻笑怒罵，皆可書而誦之，《宋史》便特別推崇他「渾涵光芒，雄視百代，有文章以來，蓋亦鮮矣。」這也是多數人有目共睹的實情。

　　王安石有精悍之氣溢乎言表，世人都欣賞他的拗折凌厲，實際上他的長處是在議論正大，識解獨真，筆力雄峻，再加上他勇於自信，毫不妥協的性格，自然產生「拗折凌厲」的氣象，如他〈上皇帝萬言書〉便堪稱空前的政論文字。我們可以說，王安石的文章是政治家之文，而非儒生文士之文。

五、明清

　　文學流變，恆不出「創、變、襲」的運行軌跡，從南宋起，文章既無可創，又無可變，於是逐漸往襲的路上走，明代文壇也幾乎籠罩在因襲模擬的氛圍中，直到晚明，才稍透出一些自由的空氣。又由明代開始以八股文取士，讀書人無不浸淫漸漬其中，文章創作自不能不受其陶化，在才情的發揮上遭到束縛，黃宗羲因此感慨說：「蓋以一章一體論之，則有明未嘗無韓、杜（牧）、歐、蘇、遺山（元好問）、牧菴（姚燧）、道園（虞集）之文；若成就以名一家，則如韓、杜、歐、蘇、遺山、牧菴、道園之家，有明固未嘗有其一人也。議者以震川為明文第一，似矣。試除去其敘事之作，時文（八股文）境界間或闌入，求之韓歐集中，無是也。此無他，三百年人士之精神，專注於場屋之業，割其餘以為古文，其不能盡如前代之盛者，無足怪也。」（《南雷文定》卷一〈明文案序上〉）

　　而在因襲與八股文盛行的時代下，我們還可以看到明代文壇盛氣凌人的霸氣把持現象，文人們幾乎都有自立門戶的雄心壯志，凡是迎合自己的，便大力揄揚；立場互異的，便交相攻訐，范景文〈葛雲甫詩序〉就說：「余嘗笑文人多事，壇坫相高。其意莫不欲盡易昔人所為，獨雄千古，不知矯枉有過，指摘適滋。往者代生數人，相繼以起，其議如波；今則各立門庭，同時並角，其議如訟。擬古造新，入途非一；尊吳右楚，我法堅持。彼此紛囂，莫辨誰是。」（《范文忠公文集》卷六）風氣所趨，即以明代散文，便大致可分為七派（如有心了解明代文人集團，可參郭紹虞《照隅室古典文學論集》），一是開國派的劉基、宋濂；二是臺閣派的三楊（楊士奇、楊榮、楊溥）；三是秦漢派的前後七子；四是唐宋派的王慎中、唐順之、茅坤、歸有光；五是獨立派的陳白沙、王守仁；六是公安派的三袁（袁宗道、宏道、中道）；七是竟陵派的鍾惺、譚元春。這當中，像秦漢派就標榜「文必秦漢」的擬古主義，唐宋派和公安竟陵都與它持不同論調，歸有光便曾斥後七子之首的王世貞為「妄庸巨子」。歸有光散文善於捕捉生活細節，予以鋪敘點染，文筆樸素，情意感人，對清代崛起的桐城派，影響不小，但曾國藩對他倒是褒貶互見，〈書歸震川文集後〉說：「……熙甫則不必餞別而贈人以序，有所謂賀序者、謝序者、壽序者，此何說也？又彼所為抑揚吞吐，情韻不匱者，苟裁之以義，或皆可以不陳。浮芥舟以縱送於蹄涔之水，不復憶天下有曰海濤者也，神乎？味乎？徒詞費詞。然當時頗崇苗軋之習，假齊梁雕琢，號為

力追周秦者，往往而有，熙甫一切棄去，不事塗飾而選言有序，不刻畫而足以昭物情，與古作者合符，而後來者取則焉，不可謂不智已。」（《曾文正公文集》）此論堪稱平允。

另外公安、竟陵派的直接產物——小品文，在晚明盛極一時，張岱可說是最成功的代表作家，由於他能秉持「自出手眼，撇卻鍾、譚，推開王、李」（《瑯嬛文集》卷三〈又與儒毅八弟〉）的精神展現自我，所以不但山水遊記清麗可誦，就是說理言情，也無不意趣盎然。

清初古文以侯方域、魏禧、汪琬為大家，《四庫提要·汪堯峰（琬）文鈔》就說：「古文一脈，自明代膚濫於七子，纖佻於三袁，至（天）啟、（崇）禎而極敝。國初風氣還淳，一時學者始復講唐宋以來之矩矱，而琬與寧都魏禧、商邱侯方域稱為最工。」

其次在清朝二百餘年，以至民初，代有傳人，門生不絕的，當首推桐城派，桐城的開山初祖方苞最先建立了六經、三傳、《論語》、《孟子》、《國語》、《國策》、《史記》，以至唐宋八家和明代歸有光的「文統」，並拈出有內容（有物）、有條理（有序）的「義法」，主張學者要因文見道；劉大櫆又在方苞義法論的基礎上，進一步探求散文藝術，從他的《論文偶記》中，可以看出他特重神氣，但神氣之說畢竟陳調太高，於是他指出先從字句以求音節，再由音節以見神氣，所謂：「積字成句，積句成章，積章成篇。合而讀之，音節見矣；歌而詠之，神氣出矣。」確是平實的經驗之談。

　　桐城派的散文理論至姚鼐而大成，曾國藩〈歐陽生文集序〉概括了桐城派發展的簡歷，一開頭便說：「乾隆之末，（安徽）桐城姚姬傳先生鼐，善為古文辭，慕效其鄉先輩方望溪侍郎之所為，而受法於劉君大櫆及其世父編修君範（姚鼐的伯父姚範(薑塢)）。三子既通儒碩望，姚先生治其術益精。歷城周永年書昌為之語曰：『天下之文章，其在桐城乎！』由是學者多歸向桐城，號桐城派，猶前世所稱江西詩派者也。」姚鼐一方面發揚方苞「學行繼程朱之後，文章在韓歐之間」的理想，主張義理、詞章、考據合一，另一方面又大闡方苞義法之說，遍選《古文辭類纂》一書，供作範本，而他所作的文章也善於組織表達，後人因此將方、劉、姚三人尊為桐城三祖。桐城古文除謹嚴有條理之外，也注重雅潔，所謂「沙明水淨」，桐城門人無不奉為圭臬。

第三章

散文的讀法

　　由於先天稟賦和後天環境的差異，造成個人不同的性格和生活習慣，也使得每個人的讀書態度與方法都不一致，這不僅現代如此；視乎古代亦然，例如孔子「信而好古」是出自尊聖的感性心理；孟子「盡信書則不如無書」是基於求真的理智心態；韓愈的「記事必提其要，纂言必鉤其玄」；蘇軾的「每一書作數次讀……，如欲求古今興亡治亂聖賢作用，且只作此意求之，勿生餘念。事跡文物之類，又別一次求。他皆倣此。」這是為了搜集寫作材料的讀法；陶潛的「好讀書，不求甚解，每有會意，便欣然忘食」；張潮的「讀經宜冬……；讀史宜夏……；讀諸子宜秋……；讀諸集宜春……。」又是高人雅士的另一種讀法；顧炎武「早夜誦讀，反覆尋究，僅得十餘條」筆記的「開山鑄銅」方式，則是學術工作者的讀書法。讀書法每因讀者的身份習性而有所不同，本節探討散文的讀法，乃是專對古代散文作家的創作，提供一些基本閱讀上要注意事項，讓存心一窺堂奧者有所遵循，並且也能以此為出發點，找出最適合自己的一條門路來。

　　以下便從了解作者、明辨體製、賞析作品、作品彼此對照、諸家評論彙整、深入發掘問題等方面，作概略性的說明。

一、了解作者

　　誦其詩，讀其書，而不知其人，不但研究將隔了一層，

就是在欣賞上，往往也容易會錯意，所以了解作者的思想生平，是閱讀散文的第一步。在《世說新語・文學篇》記載一個故事，謝安有次問子弟：「《毛詩》何句最佳？」謝玄回答：「昔我往矣，楊柳依依；今我來思，雨雪霏霏。」但謝安卻不表贊同，認為「訏謨定命，遠猷辰告」才有雅人深致。原來謝安貴為當朝一品，又是家族的長輩，所以特別欣賞老成謀國的用心；謝玄是翩翩佳公子，當然喜愛流連光景，感物興懷的句子，兩個人處境不同，思想情趣就不會一致，王士禎《古夫于亭雜錄》卷二批評「太傅『雅人深致』，終不能喻其指」，正是疏忽謝安當時身份地位所致。

　　王士禎這般說法，若非基於神韻派審美觀，即是一時無心之失，如果我們仔細的話，還會發現一些「有心之過」。例如司馬遷〈自序〉說他遭李陵之禍，幽於縲絏，喟然而嘆：「是余之罪也夫！是余之罪也夫！身毀不用矣！」班固在《漢書・司馬遷傳》便把它改寫作：「是余之罪夫！身虧不用矣。」《漢書》在武帝以前的紀傳，多用《史記》舊文，依照班固的學養，實在不應如此改動，以致失去司馬遷原先所要表白的心意才是，因為「毀」有敗壞的意思，《孝經》也說身體髮膚受之父母，不敢毀傷；《漢書》改成「虧」字，就只有損失的意思，較無嚴重性，而司馬遷連續說了兩次「是余之罪也夫」，表面上是承認自己有罪，實際卻是在喊冤：「難道真的是我的罪嗎？」憤激不平溢乎言外，稍有文學常識的人，應該都會感覺司馬遷正在痛苦吶喊，但是經過班固這麼一刪，好像司馬遷

真的乖乖俯首認罪了，讀者如果不察，受了班固誤導，再去讀《史記》，就讀不出味道了。班固為什麼要如此刪改？原來《漢書》是官修的，除了要保存漢朝文獻，也要為漢王室作宣傳，因此怎容得下「謗言謗語」？從這裡也可以體會，如想清楚了解作者的思想生平，閱讀第一手資料是必要的。

　　但是擁有第一手資料，還需銳利的眼光去分析它，才不會發生誤解，像柳宗元因永貞事變，沈淪一生，表現在詞章上，雖多憾恨，卻一點也不遷怒同黨王叔文等人，祝堯《古賦辯體》卷七說：「子厚在唐憲宗時，坐王叔文黨，貶官永、柳州，幽困歷年不得還，悔其年少氣銳，不識幾微，不幸喪志失身以致此，遂作〈閔生〉、〈夢歸〉等賦，其悔厲亦極矣！」這是不正確的說法，也可以說是被子厚故意蒙上馴服的外貌欺騙了。試看他〈寄京兆許孟容書〉說：「宗元早歲，與負罪者親善，始奇其能，謂可以共立仁義、裨教化……，不知愚陋不可力彊……。宗元於眾黨人中，罪狀最甚，神理降罰，又不能即死，猶對人言語求食自活，迷不知恥，日復一日。」（《柳集》三十）〈懲咎賦〉也說：「奉訏謨以植內兮，欣余志之有獲。再徵信乎策書兮，謂炯然而不惑。愚者果於自用兮，惟懼夫誠之不一。不顧慮以周圖兮，專茲道以為服。讒妒構而不戒兮，猶斷斷於所執……。欲圖退而保己兮，悼乖期乎曩昔。」（卷一）再如〈愚溪詩序〉：「夫水，智者樂也，今是溪獨見辱於愚……。余遭有道，而違於禮、悖於事，故凡為愚者，莫我若也。」（卷二十四）〈始得西山宴遊

記〉：「自余為僇人，居是州，恆惴慄。」（卷二十九）
〈答吳武陵論非國語〉：「自為罪人，捨恐懼則閒無事。」
（卷三十一）

　　以上所錄，都像子厚自承前愆，悔交敗類，導致一旦遭變，自保不及。但〈祭呂衡州溫文〉說：「宗元幼雖好學，晚未聞道，洎乎獲友君子，乃知適於中庸，削去邪雜，顯陳直正，而為道不謬，兄實使然。」（卷四十）〈祭呂敬叔文〉又說：「余慎取友，惟心之虔，周遊人間，餘二十年。擯辱非恥，升揚非賢，一貫於道，無四五焉。」（卷四十）剛毅卓然，不只是韓愈稱讚他「勇於為人」，而且還是「勇於自信」了。所以謫放荒陬，意不自得的愁鬱，雖百般煎熬纏縈，但他心中仍堅持以前所為，無不「以中正信義為志，以興堯舜孔子之道，利安元元為務」（〈與許孟容書〉）絲毫不愧天怍人。至於所交往的朋友，也莫不忠藎知心，只怨權奸朋比構難；他又不得不粉飾永貞黨人的是非，所以一般人不仔細推敲，難免誤以為他在自怨自艾，悔厲已極了。

　　除了解作者思想生平外，還應注意時代風尚對作者的影響。如明清以八股取士，桐城初祖方苞雖倡古文義法，但也無異議接受八股文，〈進《四書》文選表〉即說奉旨「校錄有明制義四百八十六篇，國朝制義二百九十七篇，繕寫成帙，並論次條例，恭呈御覽。」（《方望溪集・集外文》卷二）

　　再如顧炎武《日知錄》卷二十一「文非其人」條，批評韓愈未顯達時，輕率寫下投知求見之文，不僅與日後撰

述大相矛盾（顧氏舉〈上京兆尹李實書〉和《順宗實錄》貶李實的話相印證），對於韓愈的人格也造成傷害，《亭林文集》卷四因此說：「韓文公文起八代之衰，若但作〈原道〉、〈原毀〉、〈爭臣論〉、〈平淮西碑〉、〈張忠丞傳後序〉諸篇，而一切銘狀概為謝絕，則誠近代之泰山北斗矣；今猶未敢許也。」（〈與人書〉十八）

關於此，可分兩方面看。先從情的角度說，韓愈年輕的時候家道衰落，他卻屢試不第，親人三十餘口盼著他有一官半職，以維生計，韓愈內心怎能不惶急？投知求見實在是他最後的一絲希望了，但這也不是他內心所願意的行為，他後來在張建封幕下寫給李翱的信說：「僕之有子，猶有不知者（你還不了解我），時人能知我哉？持僕所守，驅而使奔走伺候公卿之間，開口論議，其安能有以合乎？僕在京城八九年（追憶以前應進士之時），無所取資，日求於人，以度時月，當時行之不覺也，今而思之，如痛定之人思當痛之時，不知何能自處也！」（《韓昌黎文集校注》卷三）語調之沈痛無奈，讓我們也不忍再對他多所苛責；而韓愈後來對晚輩獎掖提攜不遺餘力，相信跟他年輕遭受切身之痛，是有密切關連的。

其次，還要設身處地的了解，功利主義是勇於進取的唐人立身處事之準則。文人學士為求顯達，往往奔競鑽營，不擇手段，「終南捷徑」就是最典型的唐人故事，因此上書干謁，也不僅韓愈一人，李白〈與韓荊州書〉說：「君侯制作侔神明，德行動天地，筆參造化，學究天人。幸願開張心顏，不以長揖見拒。必若接之以高宴，從之以

清談，請日試萬言，倚馬可待。今天下以君侯為文章之司命，人物之權衡，一經品題，便作佳士，而君侯何惜階前盈尺之地，不使白揚眉吐氣、激昂青雲耶？」（《李太白全集》卷二十六）不也是祈求奧援？杜甫的「朝扣富兒門，暮隨肥馬塵，殘杯與冷炙，到處潛悲辛。」（〈奉贈韋左丞文二十二韻〉），不也為謀一職而吞聲忍氣？就連淡泊自守的僧人，在這時代也顯得非常活躍，李肇《國史補》還記載奔走公卿之門的廣宣和尚遭韋貫之叱責（卷中）；韓愈也有一首詩題為〈廣宣上人頻見過〉，對這位和尚頗為厭煩；胡震亨《唐音癸籤》卷二十九就提到唐代僧俗交相攀附的情形：「唐名緇大抵附青雲士始有聞，後或賜紫，參講禁近，階緣可憑；青雲士亦復借以自梯，如陸希聲、韋昭度以澈、喜兩師登庸，尤其可駭異者。」因此像唐僧靈澈詩云：「相逢盡道休官去，林下何曾見一人？」（歐陽修《集古錄·跋尾》卷九）韓愈〈和歸工部送僧約〉：「汝既出家還擾擾，何人更得死前休？」（《韓昌黎詩繫年集釋》卷四）正是唐代社會的最佳寫照。

唯有了解時代風尚，對於作者似乎不可理喻的言行，才有鞭辟入裏的體悟與詮釋。

二、明辨體製

林琴南《畏廬論文》「意境」中，引倪正父云：「文章以體製為先」，認為：「若無意者，安能造境；不能造

境，安有體製到恰好地位？」文章尚意，林氏的說法是正確的；但有什麼樣的思想情感內容，就有什麼樣的文章體製（形式），體製不同，辭意也不盡相同，早在魏文帝《典論・論文》就說：「奏議宜雅，書論宜理，銘誄尚實，詩賦欲麗。」陸機《文賦》也說：「詩緣情而綺靡，賦體物而瀏亮，碑披文以相質，誄纏綿而悽愴，銘博約而溫潤，箴頓挫而清壯，頌優游以彬蔚，論精微而朗暢，奏平徹以閑雅，說煒曄而譎誑。」章學誠《文史通義・古文公式》亦云：「古文體制（製）源流，初學入門，首在辨體。」姚永樸《文學研究法》第五亦云：「欲學文章，必先辨門類。」都可見研讀或創作古文，明辨體製非常重要，因此倪正父所說，也不見得錯。

　　然而何以體製不同，辭意就有差異？理由不外兩點，其一是文體各有剛柔之殊，其二是文體的構句有別，所以在傳情達意上，就會產生互異的風貌。關於第一點，曾國藩〈庚申三月日記〉即云：「吾嘗取姚姬傳先生之說，文章之道，分陽剛之美、陰柔之美，大抵陽剛者，氣勢浩瀚；陰柔者，韻味深美……。就吾（指《經史百家雜鈔》）所分十一類言之，論著類、詞賦類宜噴薄；序跋類宜吞吐；奏議類、哀祭類宜噴薄；詔令類、書牘類宜吞吐；傳誌類、敘記類宜噴薄；典志類、雜記類宜吞吐。其一類中微有區別者，如哀祭類雖宜噴薄，而祭郊社祖宗，則宜吞吐；詔令類雖宜吞吐，而檄文則宜噴薄；書牘類雖宜吞吐，而論事則宜噴薄。此外各類，皆可以此意推之。」曾國藩以為文體剛柔有所不同，這裡他舉出大概情況，但也非絕對如

此，所以他說「宜」而不說「必」，讀者切不可膠柱鼓瑟！另外文章剛柔除與文體有關外，跟作家性情也有關連，下文於「散文的作法」會再提到。

其次，為何我們會感受到文章有剛有柔？這與文章音節的高下緩急有密切關係，而音節的高下緩急，關鍵即在文句的結構。文句結構值得注意的，殆有四端，一為句字的多寡；也就是韓愈所謂「言之短長」。二是句式的單雙。句子可分為單式句和雙式句，凡是一個句子下半段的音節（音步）是奇數，就叫單式句，反之則為雙式句。如韓愈〈進學解〉一開頭：「國子先生晨入太學，招諸生立館下」，句子結構是「422，33」，所以上句是雙數句，下句是單數句。三是聲調的諧拗；四是句末的清濁。諧拗需要自己讀一讀，順口就是諧，不順口就是拗；清濁要看平仄，平聲為清，仄聲為濁。現在進一步說明如下：

1. 句子太短，速度會顯得急切馳驟，句子過長，頓挫轉折的變化也大，唯有四字和六字平穩舒徐，最為適中，《文心雕龍・章句》說：「四字密而不促，六字格（「格」宜改成「裕」）而非緩。」駢文句子以四字、六字最多，所以顯得平穩雍容；散文句字錯落不一，就顯得氣勢衝決。

2. 單式句有跳躍動盪的感覺；雙式句有莊重優雅的韻味。韓愈復古，正是使句子長短有更大的彈性，而且還減縮雙式句，增多單式句，不像駢文幾乎全屬雙式句。

3. 詩有諧拗，文章亦然，凡有礙唇舌的拗句，一定顯得氣勢沈鬱，例如韓愈〈上留守鄭相公啟〉：「愈無適

時才用，漸不喜為吏，得一事為名，可自罷去（因一件事出了名，便可去職），不啻如棄涕唾，無一分顧藉心，顧失大君子纖芥意如丘山重……。」若是像梁元帝所說「宮徵靡曼，唇吻遒會」，必然是悠揚諧和的句子，駢文很多都如此；韓愈〈送李愿歸盤谷序〉，也足以當之。再者，文句諧拗與造句法也有關係，凡文句長短適中，便易於讀誦；句式如為「頂針接麻法」或「排比層遞法」（「頂針接麻」如《大學》「古之欲明明德於天下者，先治其國；欲治其國者先齊其家；欲齊其家，先治其身……。」「層遞」如《大學》「知止而後有定，定而後能靜，靜而後能安，安而後能慮，慮而後能得。」「排比」則如《老子》三十六章：「將欲翕之，必固張之；將欲弱之，必固強之；將欲廢之，必固興之；將欲奪之，必固與之。」）就不顯得拖杳，都可能為諧句。

4. 句末清濁，關係聲調的抑揚頓挫，《文心雕龍‧聲律》云：「沈（仄濁）則響發而斷；飛（平清）則聲颺不還。」韓愈〈上留守鄭相公啟〉起筆便說：「愈為相公官屬五年，辱知辱愛，伏念曾無絲毫事為報答效，日夜思慮謀畫，以為事大君子當以道，不宜苟且求容悅……。」每句末字，除「年」字平聲外，餘皆仄聲，我們唸每一字，都得放慢速度，稍事停頓，而韓愈那種慎重不苟的奉法循吏模樣，便在那麼多句末仄聲字的運用下彰顯出來。

　　由於有些文體可以氣定神閒的寫出，像是序跋雜記；有的則須激奮昂揚，像是論辯文字；有的則應莊嚴靜穆，如頌贊箴銘，因此作家在構句上，都會特別斟酌，期以盡善盡美的傳達其思想情感，所以文體配合意境，一如鉛黛裝飾美女，綠葉襯托紅花，有益增容色之功。

　　但是關於體製的分類，自魏文帝以來便眾說紛紜，清代嚴可均輯摯虞《文章流別論》十二條、李充《翰林論》八條（《全晉文》卷七十七、五十三）已難窺其全貌，可以不論。劉勰《文心雕龍》由〈明詩〉到〈書記〉共二十篇，專門「論文敘筆，囿別區分」，王更生教授《文心雕龍研究》，詳予考察，發現居然多達一七九目；任昉《文章緣起》，分體為八十五。至於昭明太子與選樓學士析疑辯難的結果，將《文選》歸為三十九類，宋代李昉編《文苑英華》、姚鉉編《唐文粹》都謹遵成例，但蘇軾卻「恨其編次無法，去取失當」（《東坡題跋》卷二〈題文選〉）；姚鼐則譏其「分體碎雜，立名可笑」（〈古文辭類纂序目〉）；即孫德謙《六朝麗指》也說：「每類之中，所用子目，如賦之曰志、曰情，不免為細已甚；即賦為六義附庸，今先賦後詩，識者譏之是也。」（按《文選》在詩、賦類下，又各分為二十三目和十五目，而且編次又先賦後詩，後人對此頗多訾議，駱鴻凱《文選學‧義例第二》有列舉，可以參看。）姚永樸《文學研究法‧門類篇》云：「……此等昭明皆一一分之，徒亂學者之耳目。」說法也與孫德謙相似，可見昭明分類，未愜人心。

　　再說斷代總集，如呂祖謙《宋文鑑》，分賦、詩以至碑傳、露布數十類；蘇天爵《元文類》，分十五綱，四十三類；程敏政《明文衡》，分賦騷樂府等三十八類。其中不依斷代編錄的，如真西山《文章正宗》僅分辭令、議論、敘事、詩歌四門。明朝吳訥《文章辨體》，概以《文章正宗》為藍本，分為內外兩集，而徐師曾《文體明辨》則廣其內集為正編，擴其外集為附錄，序云：「《辨體》為類五十，今《明辨》百有一；《辨體》外集為類五，今《明辨》附錄二十有六。」其後賀復徵鑒於吳氏《辨體》蒐羅未廣，又續成《文章辨體彙選》，共七百八十卷，一百三十二類，可說是廣大悉備的鉅著了，可惜卷帙太繁，舛誤不少，《四庫提要》評曰：「有一體而兩出者，如祝文後既附致語，後復有致語一卷是也。有一體而強分為二者，如既有上書，復有上言，僅收賈山〈至言〉一篇；既有墓表，復有阡表，僅收歐陽修〈瀧岡阡表〉一篇；記與記事之外，復有紀；雜文之外，復有雜著是也。有一文而重見兩體者，如王褒〈僮約〉，一見約，再見雜文；沈約〈修竹彈甘蕉文〉，一見彈事，再見雜文；孔璋〈請代李邕表〉，一見表，再見上書；孫樵〈書何易于事〉，一見表，再見紀事是也。」（〈集部・總集類四〉）

　　清代姚鼐受古文學於劉海峰、姚薑塢，因取先秦迄清世文章，編為《古文辭類纂》，辨明體裁，標類十三，乾嘉以來，辯囿辭林，無不奉執矩法，鮮有踰違，如桐城門人梅曾亮編《古文詞略》，希得文學大全而增錄詩歌一類，其餘未作更動；曾國藩《經史百家雜鈔》，分體仍沿舊例，

只因增選經史，而多了典志、敘記二類，餘則略作調整：合傳狀、碑誌為傳誌，併贈序於序跋，收箴銘、贊頌入詞賦，共十一類，各歸著述、告語、記載三門，〈序例〉也說：「論次微有異同，大體不甚相遠。」至於林琴南《畏廬論文》的〈流別論〉，也是犖括《文心雕龍》和姚鼐的分類，再加以說明。又吳曾祺《涵芬樓古今文鈔》一百卷，則是在姚氏各類下加設子目，或數種，或十餘種，或數十種，計二百十三目（詳〈文體芻言〉，附於《涵芬樓文談》之末），堪稱集今古之大成了。

由於古人興會所至，隨意涉筆，體類時有而窮，不得不廣設名目予以涵蓋，因此造成歷來文體分類的極大困擾。但以現代而言，有心想撰寫古文，只要掌握因情設體的大原則──辨明題意為議論、敘事、寫景或抒情，相信已經綽有餘裕。當然，在這四類當中，時常兼而有之，只要稍予留意，應不致文不對題。若從閱讀的角度來看，我們便可以觀察作品設體適當與否，以及文體在時代變遷中，有無任何改易的情形。

例如序體源自詩書，目的在「推論本源，廣大其義」，後來史傳傳前也有序，其性質實與傳末的論贊類似，到了六朝餞別讌集所作的詩連篇累牘，於是請名家在詩前寫序，如王羲之〈蘭亭集序〉、顏延年〈三月三日曲水詩序〉，其性質仍未脫離推論本源，廣大其義的範圍。但是韓愈文集，就有不少贈序，純粹以文代詩，所以只有序而無詩；且在序中除表達惜別忠告的心意外，甚至有大放厥辭的議論，這與序的原義雖有差距，卻因後人仿效跟進，蔚成風

氣，姚鼐《古文辭類纂》因此將它從序跋類獨立出來，定名為贈序類。贈序在明代已經成為極濫極俗的應酬文字，像歸有光不與人餞別也寫序，序在他的文集中佔了絕大比例，前文引曾國藩對他的批評，不是沒道理的。

另外，《昭明文選》有篇王褒〈聖主得賢臣頌〉，按理頌體必須押韻，其目的在於稱美盛德，但此文不僅沒有押韻，且似乎不像在稱頌聖主──漢宣帝的盛德，文曰：「臣僻在西蜀，生於窮巷之中，長於蓬茨之下，無有游觀廣覽之知，顧有至愚極陋之累，不足以塞厚望，應明旨。雖然，敢不略陳愚心（《漢書》無「心」字）而杼（《漢書》作「抒」）情素……。故聖主必待賢臣而弘功業，俊士亦俟明主以顯其德。上下俱欲，驩然交欣，千載壹會（《漢書》作「合」），論說無疑……。」顯然這是王褒奉旨應對，說明君臣相得，必如魚之與水，才能化溢四方，橫被無窮，所以應該像東方朔〈化民有道對〉，屬於對問的體裁；題目也要改成「聖主得賢臣對」才是。推究《文選》誤分類的原因，很可能是沒有細讀《漢書》，《漢書·王褒傳》云：「詔褒為〈聖主得賢臣〉頌其意，褒對曰……（文略）……。是時上頗好神僊，故褒對及之。」原來宣帝是希望王褒頌其得賢臣的盛德，王褒卻改以對問的體裁，告以「必有聖智之君，而後有賢明之臣」的道理。選樓學士只看上一句，卻忽略了下兩句，所以將這篇文章的題目訂錯，糊塗的歸入頌體之中。

三、賞析作品

　　《文心雕龍・章句》說：「夫人之立言，因字而生句，積句而成章，積章而成篇。篇之彪炳，章無疵也；章之明靡，句無玷也；句之清英，字不妄也。振本而末從，知一而萬畢矣。」一篇文章最小的單位是字，由字結合成句；由句形成段落；由段落組織一篇文章。文章優劣，不僅在脈絡是否條貫，旨意是否分明，更要看他最基本的文字駕馭功夫如何？因此先從字說起。

　　在詩話裡，可以看到不少練字的故事，如僧皎然（一說是僧貫休）將王貞白（貞或做正）〈御溝詩〉「此波涵聖澤」的「波」字改成「中」；鄭谷替僧齊己〈早梅詩〉「昨夜數枝開」的「數」字改作「一」；韓愈為賈島在「推敲」兩字之中，選定了「敲」字……。由於詩是精練的語言，稍更動一字，精神便全然不同，所以一般人比較注意詩的遣辭用字，其實無論詩文，下字都得斟酌。文字如同士卒，需要主帥指揮役使，一旦差遣不當，便有全軍覆沒之虞。像韓文能「文從字順各識職」；坡公能「文如行雲流水」，基本上就是能活用文字；唯其無施不可，文章才會飛軒絕跡，超乎化境。

　　韓愈的〈科斗書後記〉就說：「凡為文辭，宜略識字」（《文集校注》卷二）如果連字都不認識，又如何要求他寫出好文章？唐朝李林甫因不懂「杕杜」（《詩經》篇名）的杕字，而讀為「杖杜」，時人乃譏之為「杖杜宰相」，可見識字也是知識份子應具備的要件，識字多，不僅有助

於寫作的靈活，同時更易於選出最妥貼的字眼，達到盡意傳神的目的。

　　文字有承接上下文義的功能，雖然一個意思，可能同時有好幾個字可用，但未必這幾個字都很合適，所以總要費心思量，洪邁《容齋五筆》卷五記載范仲淹〈嚴先生祠堂記〉：「雲山蒼蒼，江水泱泱，先生之德，山高水長。」南豐李泰伯（據《宋史・儒林傳》，李覯字泰伯，南城人）勸其改「德」為「風」，便是個好例子；朱弁《曲洧舊聞》卷四也提到宋祁和歐陽修錘鍊文字的苦心：「古語云：『大匠不示人以璞』，蓋恐人見其斧鑿痕迹也。黃魯直於相國寺得宋子京《唐史稿》一冊，歸而熟觀之，自是文章日進，此無他也，見其竄易句字，與初造意不同，而識其用意所起故也。」「讀歐公文，疑其自肺腑流出，而無斲削工夫，及見其草，逮其成篇，與始落筆，十不存五六者，乃知為文不可容易，班固云：『急趨無善步』，良有以也。」顯然大家成名，絕非意外儻來。

　　但是要注意，文字也有愈改愈差的情形，且以號稱「其事則增於前，其文則省於舊」（曾公亮《新唐書進表》）的《新唐書》為例，《日知錄》卷二十七說：「《新唐書・志》，歐陽永叔所作，頗有裁斷，文亦明達；而〈列傳〉出宋子京之手，則簡而不明。」宋祁修史的刪減文字，向來受到不少詩話文評的非議，如《珊瑚鉤詩話》卷一說：「韓宋之文，皆宗于古，然退之為之則有餘，子京勉之則不足」；《唐子西文錄》說：「晚學遽讀《新唐書》，輒能壞人文格。」其遭非議的緣故，正出在劉安世《元城語

錄》所謂「事增文省」上。原來宋祁的古文是源自韓門樊紹述、皇甫湜，這派古文走的是奇僻險絕的路線，宋祁當然也特別嚴於用字了。以下且舉《新唐書‧段秀實傳》說明。

　　《新唐書‧段秀實傳》採用了《舊唐書》，再補增柳宗元〈段太尉逸事狀〉而成篇，宋祁對於柳文照例有所更改。如柳宗元敘述段秀實殺了魚肉鄉民的郭晞麾下軍士十七人，並將人頭用長矛插掛城門外以儆效尤。郭晞營中大譟，中央和地方的對峙，恐有一發不可收拾的險象。這時，段秀實居然「解佩刀，選老躄者一人持馬，至晞門下。甲者出，太尉笑且入曰：『殺一老卒，何甲也？吾戴吾頭來矣。』」宋祁將「吾戴吾頭來矣」省為「吾戴頭來矣」，邵博《聞見後錄》卷十四便說：「去一吾字，便不成語，吾戴頭來者，果何人之頭耶？」羅璧《羅氏識遺》卷一也說：「豈知段之不懼，正以自請一死，詞之工，正在下一『吾』字，此則不詳文義而省者。」章士釗《柳文探微》則說：「鄙意『吾』字誠不可刪……，此可為知者道，難為頭巾家言也。」

　　三家之說，章氏僅拿出「只能意會」的擋箭牌，虛晃一招；邵博沒能細分「戴」「帶」的不同，「戴」是「頂戴」，當然指自己項上人頭而言；羅璧認為段秀實抱必死的決心前來，加一「吾」字，正顯示勇毅不懼的神采，殊不知段秀實並非為了「自請一死」而來，如果是這樣，未免太小覷了段秀實；同時也把柳宗元苦心描摹段秀實智勇雙全——不僅為眼前的事負責，更顧及將來地方長治久安

的前瞻性眼光，輕率疏忽掉，如此一來，段秀實不過是「好漢做事好漢當」的一介匹夫罷了，根本不值得柳宗元替他寫逸事！

對此，郭紹虞《語文通論》用音節詮釋「吾戴－吾頭－來矣。」不能省作「吾戴頭來矣」；但是「吾戴頭來矣」未嘗不可用「吾－戴頭－來矣。」的 122 句法唸出，而且似乎更為簡潔，那麼宋祁到底錯在哪裡？

原來段太尉盡辭從人，又解除武裝，只選一個又老又跛的人牽馬，笑著走進郭晞軍中，目的就是要鬆弛雙方緊張敵對的仇恨心理，「殺一老卒，何甲也？」不正是以輕鬆諧趣的語調告訴他們殺雞焉用牛刀？所以才有下文「甲者愕」——嚴陣以待的士兵這下忽然傻了的有趣場面出現。多加一個「吾」字，變成「吾戴吾頭來矣」，比起「吾戴頭來矣」，聲調顯然更舒徐平緩，不僅減少了火藥味，也更切合段太尉有意穩定軍心的大智慧，為傳神起見，「吾」字是省不得的。

接著談文句。所謂「一字不成詞」，一字無法表達完整的意思，還必須結合其他字，組成一句，因此當賞析一篇文章，首先要懂得離章辨句，了解每一句的意義，看清每一段的起伏照應，對整篇文章才有初步的認識。王世貞〈藺相如完璧歸趙論〉云：「夫璧非趙寶也？而十五城，秦寶也。」坊間白話注本也有斷句為：「夫璧，非趙寶也；而十五城，秦寶也。」這麼斷句其實是待商榷的，如果說：「那塊璧，不算是趙國的珍寶」，藺相如當初為什麼慎重其事地要求秦王齋戒五日，設九賓於廷？又既不是趙國珍

寶，秦王索取就給他，何必緊張萬分的找藺相如奉璧入秦？藺相如奉璧入秦，居然說璧不是趙國珍寶，豈不是自貶身價？若再推深一點，秦王必得之而甘心，甚至願以秦寶十五城交換的和氏璧，藺相如居然說不是趙寶，難道沒有嘲笑秦王見識不足的意味？這樣貶抑自己，又傷他人，適合當秦王面說嗎？所以「璧非趙寶」應該是反詰句法，說明和氏璧對趙而言是寶貝，正如十五城是秦寶一般，兩國本應各寶其寶，現在趙國懾於秦王威勢，不得不送出和氏璧，但十五城是秦寶，不僅昭王將捨不得給；即便給了，也會招致百姓怨怒秦王愛璧甚於愛民，前者必然失信天下，後者亦將瓦解民心，因此秦王未必不會歸還和氏璧。王世貞結論的對錯，我們姑且不談，但相信王世貞若依照《史記》藺相如完璧歸趙的始末，替藺相如設想一番說辭，「夫璧非趙寶也？」（和氏璧難道不是趙國的珍寶嗎？）應該是較妥善的句法。

同樣的例子，在《論語》也看得到。〈八佾〉篇說：「子入太廟，每事問。或曰：『孰謂鄹人之子知禮乎？入太廟，每事問！』子聞之，曰：『是禮也？』」

俞樾《古書疑義舉例》認為「也」通「邪」，自然要標點為「是禮也？」但像何晏集解就以為知而復問，「慎之至也」，應該是「是禮也。」目前某些學者藉孔子生活實錄──〈鄉黨〉篇同樣記載：「入太廟，每事問」，證明「是禮也」才對。不過俞樾說法仍較合理，茲分析如下：

第一，整部《論語》其實都是孔子的生活記錄，未必〈鄉黨〉篇才最為可信。據《漢書・藝文志》說，《論語》

乃是「孔子應答弟子、時人，及弟子相與言而接聞於夫子之語也。當時弟子各有所記，夫子既卒，門人相與輯而論篹。」所以篇章排列並無準則，甚且還出現不少重複的章節，如「入太廟，每事問」是一例，又「主忠信，毋友不如己者，過則勿憚改」並存於〈學而〉、〈子罕〉；「三年無改於父之道，可謂孝矣」兩見〈學而〉、〈里仁〉；「博學於文，約之以禮，亦可以弗畔矣夫」並見於〈雍也〉和〈顏淵〉篇。這些篇章只是文字詳略稍不同而已，更有一字不差的「巧言令色，鮮矣仁」並出於〈學而〉、〈陽貨篇〉。還有一個意思，卻有不同記載；或同記一事，卻分散在不同篇章的，如孔子嫁姪女與南容，互見〈先進〉和〈公冶長〉；〈子罕〉篇：「吾未見好德如好色者也。」和〈衛靈公〉篇：「知德者鮮矣」是類似的；〈學而〉篇：「不患人之不己知，患不知人也」、〈里仁篇〉：「不患無位，患所以立；不患莫己知，求為可知也」、〈憲問篇〉：「不患人之不己知，患其不能也」、〈衛靈公篇〉：「君子病無能焉，不病人之不己知也」、「君子求諸己，小人求諸人」，都是同樣的意思，只因弟子各自筆記，語義故有所增減，所以不能因〈鄉黨〉篇多了「入太廟，每事問」，就表示「是禮也。」便是最正確的句法。

　　第二，且退一步說，若「入太廟，每事問」合於禮，為何在〈鄉黨〉首章反而說：「孔子於鄉黨，恂恂如也，似不能言者（孔子在鄉里，恭順溫厚，好像不太會講話）。其在宗廟朝廷，便便言，唯謹爾（在宗廟朝廷，講話很清楚，卻小心不多說）。」這豈不自相矛盾？

　　第三，太廟（周公廟）是莊嚴肅穆的場所，進退周旋自有一定的禮節，如果大家都學孔子這合於禮的「每事問」，太廟豈不成了喧嘩的鬧市？

　　第四，〈八佾〉篇說：「或曰：『孰謂鄹人之子知禮乎？』」可證孔子當時已是有名的禮學家了。但他還這樣「每事問」，也難怪別人懷疑他根本甚麼都不懂！反過來說，我們若把「是禮也」說成：「這樣合於禮嗎？」不僅顯示當時禮學的式微（從〈八佾〉篇中提到八佾舞於庭、三家雍徹、季氏旅於泰山、禘祭、杞國宋國禮學資料不足，懂得夏殷之禮的人缺乏，在在都是明證。）也表示孔子雖已是有名的禮學家，但因所知所見互有出入，所以才「每事問」，這更可見孔子具有勤學好問，不以問人為恥的謙恭美德了。

　　對於文句的深度了解，最好的辦法就是曾國藩所謂「密吟恬詠」，反覆不斷誦讀，大聲念，小聲念，或者是默念，幾遍下來，很自然便投入感情，與古人心意相契合。袁枚〈祭妹文〉不正追述小兄妹兩人讀書琅琅，渾然忘我，甚至連先生入門都沒察覺？陳衍五歲時，父親教他《四書》、《詩經》、《左傳》、《尚書》，限一日背誦，他於是在睡前熟讀，倦極而寢，翌晨天亮，即奔立案頭，翻書熟誦，待早餐上桌，他也已經能背了。有一天，他讀《孟子‧不仁者可與言哉》章，又讀〈小弁‧小人之詩也〉章，喜愛它的音節蒼涼而朗聲往復，父親自外歸來，聽了面露喜色說：「這孩子對於書理，已經有深刻體會了。」近代選學大師李詳，也是在少年時便篤好《文選》，所

以自訂功課，每天必讀十頁，晚上則繞案背誦，才扎下深厚根基。

　　桐城門人都把「因聲求氣」奉為不易之論，這自然與韓愈〈答李翊書〉有密切關連，韓愈說：「氣，水也；言，浮物也；水大而物之浮者大小畢浮。氣之與言猶是也，氣盛則言之短長與聲之高下者皆宜。」所以縱聲朗讀或低聲諷誦，幾乎成為他們學習和欣賞文章的重要途徑，只是「因聲求氣」對初學者言，不免陳義過高，可以暫時不予理會，而只管熟誦文章，自然對於理解文句或熟悉構句，有莫大幫助。

　　繼續談段落的承接轉折問題。錢鍾書《管錐編》引用朱子評賈誼的話說：「不知怎地，賈誼文章大抵恁地無頭腦。」錢氏認為賈誼文欠理法，並下結論說：「先秦兩漢之文每筍卯懈而脈絡亂，不能緊接逼進，以之說理論事，便欠嚴密明快。墨翟、荀卿、韓非、王充庶免乎此。」（頁888）其實這也是籠統的說法，錢氏在李斯〈上書諫逐客〉一文中，不也引用日本齋藤謙《拙堂文話》卷六稱此篇「以二『今』字、二『必』字、一『夫』字斡旋三段，意不覺重複。」於是讚美齋藤論文，每中肯綮；另錢氏在《左傳》昭公五年一節，不也引用陳善《捫蝨新話》卷二常山蛇陣的說法，稱嘆《左傳》、《孟子》、《中庸》、《穀梁傳》諸節，章法句法緻密，殆如螣蛇之欲化龍！現在就以《左傳》閔公二年「晉侯使太子申生伐東山」這段文字，說明其建架綿密精鍊，絲毫沒有懈亂之病。

　　本節首先敘述里克勸諫晉侯，先說明了太子的職責，然後說帥師不是太子份內應做的，再引申出太子帥

師的弊端，並舉情報稱敵方將戰，恐太子有敗兵之辱，甚至有亡師之虞，請獻公打消念頭。於是引獻公說出「寡人有子，不知其誰立焉」這句否定申生是太子的話。申生也感覺不妙了，但卻得到里克的安撫，就在冬天十二月奉命成行，行前，獻公「衣之偏衣，佩之金玦」（讓他穿左右不同色的衣服，並佩帶金玦），引起群臣們聚議紛紛，問題就繞著太子立與不立，反覆猜疑。文章初以順承君父起，接著又有主張違令遠逸，無以速罪危身的自保說，最後就由羊舌大夫一句「子其死之！」作結，描繪出「死」的陰影，做為後文伏筆。安章宅意，儼然有秩，洪邁特別推崇其中狐突所說的話；「八十餘言而詞義五轉……，宛轉有味，皆可咀嚼。」（《容齋隨筆》卷六），今畫圖表如下：

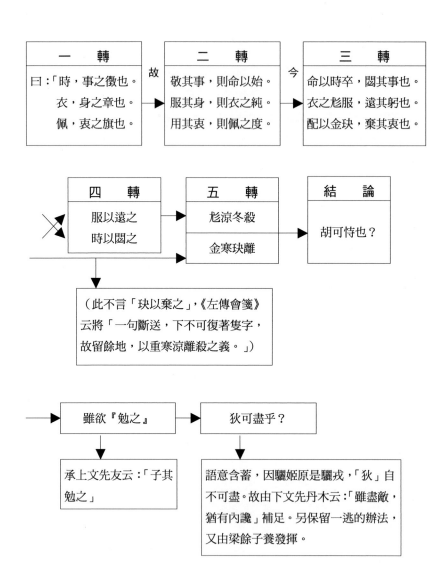

一　轉	故	二　轉	今	三　轉
曰:「時,事之徵也。 　　衣,身之章也。 　　佩,衷之旗也。		敬其事,則命以始。 服其身,則衣之純。 用其衷,則佩之度。		命以時卒,閟其事也。 衣之尨服,遠其躬也。 配以金玦,棄其衷也。

四　轉	五　轉	結　論
服以遠之 時以閟之	尨涼冬殺 金寒玦離	胡可恃也?

（此不言「玦以棄之」,《左傳會箋》云將「一句斷送,下不可復著隻字,故留餘地,以重寒涼離殺之義。」）

雖欲『勉之』	狄可盡乎?
承上文先友云:「子其勉之」	語意含蓄,因驪姬原是驪戎,「狄」自不可盡。故由下文先丹木云:「雖盡敵,猶有內讒」補足。另保留一逃的辦法,又由梁餘子養發揮。

　　再如《史記》為人物國家紀傳，在那麼錯雜紛亂的史事中，不僅能維持每篇紀傳的統一（如〈酈生陸賈傳〉寫其「辯」；〈季布欒布傳〉寫其「忠」；〈張耳陳餘傳〉寫「交友之道」；〈李將軍列傳〉寫其不遇。又由於李廣善射，故以「射」貫全篇）；即同一事，於各篇輕重詳略，也各盡其宜，如鴻門宴在〈項羽本紀〉、〈高祖本紀〉、〈留侯世家〉、〈樊噲列傳〉皆有敘及，合而觀之，不僅不嫌重複，更有互補之功。如果將整部《史記》當作有機體看待，顯然其組織脈絡十分健全靈活，精神意蘊亦暢快勃發；若是縮小範圍，從單篇來說，像〈趙世家〉長篇累頁只為胡服與否爭辯不休，是否浪費筆墨，不明史識理法？

　　答案為：「否」。趙國自分晉以來，直到趙武靈王而盛極，關鍵正在武靈王力矯舊俗，胡服騎射，因此胡服始末，確值得大書特書。在論辯往還中，可以看出太史公並不作堆砌文獻的死工夫，他是經過一番沙汰去取，才剪截出有條不紊的妙文。太史公將胡服一事分成四個程序，先是武靈王告知樓緩：「吾欲胡服」。其次與肥義論定，「於是遂（率先）胡服」。其三是說服叔父公子成胡服，「於是乎始出胡服令」。令出，仍有大臣諫止，武靈王再予駁回，「遂胡服招騎射」。

　　樓緩是武靈王智囊，所以先跟他商議；肥義是開明派大臣，因此較易溝通；公子成是保守派領袖，要他妥協才能發佈命令；命令既頒，抱殘守缺者雖仍有異議，經一番疏導，也已無可如何。而最初說「欲胡服」，是武靈王的定計；其次「遂胡服」是武靈王以身作則；第三「出胡服

令」是遍行及全國；最後「招騎射」是目的達成。一件紛擾的議案，就在太史公明智的甄別中，輕鬆的釐清頭緒，誰說司馬遷不明理法？

段落完成，文章優劣立即彰顯，所以不論文評家或文章家，對於段落的承接轉折都非常關切，《文心雕龍·鎔裁》就說：「首尾圓合，條貫統序」；〈章句〉也說：「啟行之辭，逆萌中篇之意；絕筆之言，追媵前句之旨，故能外文綺交，內義脈注，跗萼相銜，首尾一體。」賞析作品，可以細心體會文章的擒縱開合，注意它是正筆點題，一意貫說，或是側筆帶起，設喻借事以立意，或是插筆逆敘，襯映古今，或補敘以追溯既往，或演繹，或歸納，或抑揚褒貶等等……。唯有審慎推敲，冥會我心，才是善讀文者。

四、作品彼此對照

唐代張彥遠《歷代名畫記》卷二，對南北朝到唐初的畫家師承作了一番介紹，認為「各有師資，遞相倣效。或自開戶牖，或未及門牆，或青出於藍，或冰寒於水。」同樣的，文章在體裁、句義、神態上，多有模擬師法前人作品的現象；而且古人或因見解互異而辯論往還，或因情感契殷而撰文致意，或思想提升、心態轉換而情隨意遷，凡此都需要參覈對照，才能對作品有更深的體認。

就拿傳記文章來說，《漢書》在武帝以前的史料，多半抄襲《史記》，因此有人很輕視班固，認為不能自成一

家，其實史家的功績不在於史料的原創，而在於史料搜集、剪裁和編纂體例的創新。像自稱「吾雜傳論，皆有精意深旨」的范曄《後漢書》，他也取材劉珍、謝承、薛瑩、司馬彪、華嶠、謝沈、袁山松、張瑩等人的著作，只因這些人著作散佚，所以人們不察罷了。且看桓榮〈丁鴻傳論〉，惠棟《後漢書補注》就說：「以上皆華嶠之詞。」〈劉平傳序〉，章懷太子注也說：「自此以上並華嶠之詞也。」因此唯有了解史書卷帙浩繁，修史者取用他人資料無可厚非，對《漢書》的襲用，才不會心生不平；但是有關刪削改動的優劣與否，就值得讀者細心體味了。

　　再看北朝奇書──酈道元四十卷《水經注》。由於酈道元是北方人，所以寫黃河流域就佔了二十卷，比起南方長江、珠江流域要詳細得多，而南方當中，湖南、江蘇、浙江寫得多，江西卻寫得少，如拿《隋書‧經籍志》比照，就知道這與各省地理書多寡有密切關係，原來《水經注》也是擷取不少前人的成果寫成的。像三峽一段：「三峽七百里中，兩岸連山，略無闕處……。」內容總共一百五十餘字，這段文字是引自盛弘之《荊州記》（見《太平御覽》卷五十三〈地部十八「峽」〉）。盛弘之曾在荊州為官，對三峽景致頗有會心，所以才能寫出這麼傳神貼切的好文章，這是從來未到過南方的酈道元所難辦到的；但是盛弘之這段文字，也是根據袁山松《宜都記》（同見《御覽》卷五十三）改寫變化而來，這猶如宋代周去非在廣西仕宦寫下有關廣西地方史、中西海上交通史和十二世紀南亞、北非等地古國史的名著《嶺外代答》，據楊武泉校注此書

的發現,此書多襲自范成大《桂海虞衡志》。可見傳世妙文的產生,多麼不易!

文章的模擬與否,向來見仁見智,早在陸機的《文賦》,就說應「謝朝華於已披,啟夕秀於未振……。雖杼軸於予懷,怵他人之我先。」北魏祖瑩也說:「文章當自出機杼,成一家風骨,不可寄人籬下。」韓愈又說:「惟古於詞必己出,降而不能乃剽賊」;《日知錄》卷二十一〈文人摹倣之病〉更痛陳:「近代文章之病全在摹倣」,並引《禮記·曲禮》之訓:「毋勦說,毋雷同」為立言之本;而《文史通義·古文十弊第三》也說臨文摹古,遷就重輕,「是之謂『削趾適屨』,又文人之通弊也。」

但古人文章似亦不患蹈襲,如有改散舊製,同工異曲者,仍無害成家,所以《涵芬樓文談·仿古第十六》便說:「文章之體,往往古有是作,而後人則仿而為之,雖通人不以為病……。枚乘變賦體為〈七發〉,後則有曹子建之〈七啟〉、張孟陽之〈七命〉……。東方朔始作〈答客難〉,揚子雲因之作〈解嘲〉,班孟堅因之作〈答賓戲〉,唐韓昌黎又因之作〈進學解〉。司馬相如作〈封禪書〉,揚子雲因之作〈劇秦美新〉,班孟堅因之作〈典引〉,唐柳子厚因之作〈晉問〉,此皆章章(彰彰)可見者也……。」此即李德裕〈文章論〉所說從舊模式找出新方向之意:「世之非文章者曰:『辭不出於《風》、《雅》,思不越於《離騷》,模寫古人,何足貴也?』余曰:『譬諸日月,雖終古常見,而光景常新,此所以為靈物也。」駱鴻凱《文選學·讀選導言·第九》也舉證古人有題之相祖、體之相祖、

句之相祖、意之相祖四類，最後更引用王闓運標榜模擬的
一段話，似乎模擬再也不是「削足適屨」，而倒是「金針
度與」的方便了。

　　平心而論，習文猶如學書臨帖一般，初學者擬古倘能
肖其形貌，表示已經過一番揣摩深思，對於精熟文理，幫
助是很大的。曾國藩〈庚申閏三月日記〉也說：「余所編
《經史百家雜鈔》，編成後有文八百篇上下，未免太多，
不足備簡練揣摩之用，宜另鈔小冊，選文五十首鈔之，朝
夕諷誦，庶為守約之道。」可見學文正如雞孵卵，爐煉丹，
要寸步不離，牢牢抱守；而一旦孵卵煉丹功成，本地風光
自然現前。如歐陽修學韓幾至尋聲得響，望形赴影，但兩
家神態迥然不同，這正是歐公善於脫略玄黃，超乎象外的
地方。另外柳宗元的山水遊記擅名千古，但他也得力於《水
經注》等地理書，如〈小潭石記〉：「潭中魚可百許頭，
皆若空游無所依」，在《宜都記》就有「大江清濁分流，
其水十丈見底，視魚游如乘空」（《御覽》卷六十〈地部
二十五「江」〉）《水經注》卷二十二〈沔水〉、卷三十
七〈夷水〉亦云：「綠水平潭，清潔澄深，俯視游魚，類
若乘空」、「俯視游魚，如乘空也」。只是子厚並不僅於
寫景，更能寫出游魚的精神：先是寫魚兒呆呆的，動都不
動，在陽光照射下，影子就印在潭底石頭上，忽然，有的
游魚飛快的竄向遠方，一會兒游到這裡，一會兒又游到那
裡，似乎跟遊人同樣的快樂。這種意態的傳達，倒是地理
書中所沒有的情致了。再說「師其意不師其辭」的韓愈〈送
溫處士赴河陽軍序〉：「伯樂一過冀北之野而馬群遂空，

非無馬也，無良馬也」；其實《論衡・藝增篇》就有：「易曰：『望其屋，蔀其家，窺其戶，闃其無人也』，非其無人也，無賢人也。」（這種句法古書甚多，見《管錐篇・毛詩・叔于田》一節）由此可見模擬非病；若有病，則是病在濫襲而不化罷了。

　　以上說的是模擬，接著看獨創的例子。碑刻之體創自蔡中郎，顧炎武站在道德的立場，批評他的不是，《日知錄》卷二十一〈作文潤筆〉說：「蔡伯喈集中為時貴碑誄之作甚多，如胡廣、陳實各三碑，橋玄、楊賜、胡碩各二碑，至於袁滿來年十五，胡根年七歲，皆為之作碑，自非利其潤筆，不至為此。史傳以其名重，隱而不言耳。文人受賕，豈獨韓退之諛墓金哉？」但是劉師培卻是就其文章法稱讚說：「且如楊公碑、陳太丘碑等，各有數篇，而體裁結構各不相同，於此可悟一題數作之法。」「陳太丘碑共有三篇，一篇但發議論，不敘事實；兩篇同敘事實，而一詳生前，一詳死後，使非謀篇在前，安能選材各異？」（《漢魏六朝專家文・各家總論、論謀篇之術》）蔡中郎之後，在碑傳體獨擅勝場的，自推韓愈無疑。韓愈銘幽，雖有諛墓之譏，但他在文章上的確能出奇翻新，跳脫碑傳窠臼，例如他在〈試大理評事王君墓誌銘〉，寫王適娶婦之奇，無論聲口、性格的描述都極為生動，簡直可以當作小說來看：

　　初處士（侯高）將嫁其女，懲曰：「吾以齟齬窮（生平坎坷），一女憐之，必嫁官人，不以與凡子。」

（王）君曰：吾求婦氏久矣，唯此翁可人意，且聞
其女賢，不可以失。即諼（騙）謂媒嫗：「吾明經
及第，且選，即官人，侯翁女幸嫁，若能令翁許我，
請進百金為嫗謝。」諾許。白翁，翁曰：「誠官人
邪？取文書來。」君計窮吐實，嫗曰：「無苦，翁
大人，不疑人欺，我得一卷書，粗若告身（官文憑）
者，我袖以往，翁見未必取視，幸而聽我，行其謀。」
翁望見文書銜袖，果信不疑，曰：「足矣。」以女
與王氏。（《韓昌黎文集校注》卷六）

　　另有一篇更奇特的是〈故太學博士李君墓誌銘〉，寫
李于服丹砂而死，其後便大發議論，極詆服食之弊，並舉
多人服藥喪命的實例，作為世誡。林琴南《韓文研究法》
就覺得很奇怪：「吾乃不知李氏家人，何重於此文？乃瘞
幽以詆其先人之醜，或且作而不刊，為集中備數文字，亦
未可定。」實際上李于是韓愈兄孫女婿，妻已死而三子皆
幼，所以韓愈以長輩身分，出於哀痛的心情寫出，在碑傳
文中便顯得奇特且直率。
　　再說韓愈為柳子厚寫的祭文、墓誌銘、〈柳州羅池廟
碑〉。祭文是以韻語感慨人生如夢，子厚才華不為世用，
其間利害，計較無益，倒是子厚文章因此而「表表愈偉」，
不可磨滅；墓誌銘依次寫子厚世系、學識、被貶，並略述
柳州政績，然後詳論子厚與劉禹錫交誼和身後的得失；〈羅
池廟碑〉則側重子厚在柳州的政績。三篇文章雖各有所
專，但又未嘗不可一以貫之，原來韓愈正以朋友間的交道

繫聯三篇，韓愈才情之不凡，由此可見！而透過韓愈如椽之筆，更突顯墓中人性格特出之處，讀韓愈碑傳文，絕不能以諛墓為口實而輕易略過。

五、諸家評論彙整

曹植〈與楊德祖書〉云：「蘭茝蓀蕙之芳，眾人所好，而海畔有逐臭之夫；咸池六莖之發，眾人所共樂，而墨翟有非之之論。」的確，由於人人賞愛不一，對於文藝的喜好，難免各有獨鍾，這可說是一種「偏執」，但這種偏執，卻特別容易發生在文學家身上，如陳師道《後山詩話》就說：「歐陽永叔不好杜詩；蘇子瞻不好司馬史記，余每與黃魯直怪嘆以為異事！」而應注意的是，個人好惡是一回事，並不妨礙千百年來，世人對該作家或某作品以下的定論。彙整諸家評論，一方面就是為避免讀者師心自用，率爾去取，另一方面就是要訓練自我從眾多的評論；可能還是莫衷一是的評論中，做出持平的結論。換句話說，讀者閱讀散文之餘，更應涉獵前人的讀書筆記或詩文評，一旦對它的外圍問題有了充分認知，再回頭來閱讀該篇文章，便覺得格外親切了。

舉例來說，柳子厚集中有不少史論文字，如〈六逆論〉、〈晉文公問守原議〉、〈桐葉封弟辯〉等，並撰有《非國語》兩卷，又〈答韋中立論師道書〉中說：「……本之《春秋》以求其斷……；參之《穀梁氏》以屬其氣……；

參之《國語》以博其趣……；參之太史公以著其潔……。」
所以不少人說他「文資於史」；邵博《聞見後錄》卷十四
就說：「柳子厚之文自史中來」；王葆心《古文辭通義》
卷十六也同此說；茅坤《唐宋八大家文鈔・柳柳州文鈔引》
亦云：「昌黎之文，得諸古六藝及孟軻、揚雄為多，而柳
州則間出乎《國語》及《左氏春秋》諸家矣。」吳德旋《初
月樓古文緒論》則稱子厚「得力於〈檀弓〉、《左》、《國》
最深。」

　　更有人專指柳文學《國語》而來，呂祖謙《古文關鍵・
看柳文法》就說他「出於國語」；李耆卿《文章精義》說：
「柳子厚文學《國語》。《國語》段全；子厚段碎，句法
卻相似。」平步青《霞外攟屑》卷七，兩度論及柳文刻意
學《國語》。至於姚鼐雖同此說，卻說得不怎麼好聽，評
子厚〈館驛使壁記〉云：「子厚在御史禮部時文，往往摹
效《國語》，而蹊徑不化，辭頗謇澀……。」

　　另外還有人說子厚得之《國語》，又撰《非國語》故
意毀謗，企圖掩飾。如王繼祀曰：「柳氏之文，大抵得之
《國語》者多，而子厚反非之，蓋欲掩古以自彰也。」（引
見朱彝尊《經義考》卷二百九「春秋外傳《國語》」）徐
度《卻掃編》卷下引述張嶸說子厚專學《國語》，「既讀
之精，因得掇拾其差失，著論以非之，此正世俗所謂『沒
前程』者也」，「沒前程」之說，同見陸游《老學庵筆記》
卷十。陸深《春風堂隨筆》還刻意解釋「沒前程」就是所
謂「薄行人」；又東坡〈與江惇禮書〉說子厚《非國語》，
是「小人無忌憚者」，陸游因此說子厚非《國語》，東坡

非子厚，正是「報應」。這「報應說」到了王應奎《柳南
隨筆》卷六，又被重複一遍；另張萱《疑耀》卷二「柳子
厚非《國語》」條也記：「樓迂齋（樓昉）謂柳子厚文章
皆學《國語》，卻著《非國語》，是私其所自得而諱其所
從來也。其天資刻薄如此！」

　　柳子厚思想近於名法之流，名法之流給人的印象，確
實比較嚴而少恩，但像這種種的詈罵，顯然過而不當，子
厚在〈非國語序〉其實已說得很明白，《國語》文辭很好，
他現在所非的，是《國語》的義理（案：這是子厚主觀性
的批判，對《國語》而言，未必正確），序云：「左氏《國
語》，其文深閎傑異，固世之所耽嗜不已也。而其說多誣
淫，不概於聖，余懼世之學者溺其文采而淪於是非，是不
得由《中庸》以入堯舜之道。本諸理，作《非國語》。」
這種剖白，似唯有胡應麟《史書佔畢》注意到。胡氏云：
「柳宗元愛《國語》，愛其文也；非《國語》，非其義也。
義詭僻則非；文傑異則愛，弗相掩也。好而知惡，宗元於
《國語》有焉。論者以柳操戈入室，弗察者又群然和之，
然則文之工者，傷理倍道，皆弗論乎？」（卷一）胡氏確
實掌握了重心，不人云亦云。

　　事實上，稱子厚文自史中來，已不太妥適，更何況說
他專學《國語》，甚至為掩人耳目，特別寫了《非國語》，
這簡直「明足以察秋毫之末，而不見輿薪」！子厚〈答韋
中立論師道書〉除了說他學史之外，不也說「本之《書》
以求其質；本之《詩》以求其恆；本之《禮》以求其宜……；
本之《易》以求其動……；參之《孟》、《荀》以暢其支；

參之《莊》、《老》以肆其端；參之《離騷》以致其幽……，
此吾所以旁推交通而以為之文也。」子厚又同樣在〈報袁
君陳秀才避師名書〉提及此說，故子厚確實「祖述墳典，
憲章騷雅，上傳三古，下籠百氏，橫行闊視於綴述之場」
（《捫蝨新話》卷九「李杜韓柳有優劣」），否則韓愈在
〈墓誌銘〉絕不會稱他少年即「出入經史百子」。當然，
子厚精熟《國語》，《國語》風貌在柳文中，自不免有肖
似處，但與其說柳文全出於《國語》，毋寧依從劉熙載《藝
概》卷一〈文概〉所謂：「東萊謂柳州文出於《國語》，
蓋專指其一體而言。」較來得圓融。

六、深入發掘問題

　　讀書而不產生問題，不是用功程度不夠，認知膚淺，
便是缺乏主見，人云亦云，不知從何問起。前者必須按照
自己的興趣，確定自己喜歡的科目，好好下一番工夫；後
者則應多充實，培養自己的見識。二者其實互為因果，要
深入發掘問題，正是為了提高閱讀的興趣，並隨時培養自
己的見識。而最好的辦法，除了多發問，便是自己動手查，
但要記得問過查過後，還須審慎思辨。問或查，只是發掘
問題、深入問題，唯有再經過自己的思辨，才算解決問題；
解決問題，得到答案，即是深入發掘問題的最終目的。
　　在古人文章中，往往也可以看到他們針對問題，試圖
找出真理，或謀求解決之道，例如韓愈的〈原道〉就是站

在儒家立場，認為百姓所以窮困淪為盜賊，是出於緇流和道士需要百姓供給，破壞了士農工商四民相生相養的原始社會結構，所以應堵塞禁止佛老思想的傳播，燒掉佛經道書，讓僧尼道士們還俗，以重歸聖人之道，才是正本清源之途；柳子厚〈桐葉封弟辯〉則在辨析史傳所說，周成王以桐葉封幼弟虞叔，周公於是要求成王履行諾言的真實性，最後他下結論，認為這段史傳記載是不可信的；蘇洵的《權書第九‧高祖論》則根據《史記‧高祖本紀》劉邦云：「周勃重厚少文，然安劉氏者，必勃也，可令為太尉。」又〈樊噲傳〉云：「高帝病甚，人有惡噲黨於呂氏……，乃使陳平載絳侯（周勃）代將，而即軍中斬噲」，蘇洵認為劉邦早知有呂氏之禍，只因惠帝年輕，所以不去呂后；然而樊噲是呂后妹婿，雖然他有興漢之功，也要及早處治。高祖的意圖，顯然只有他自己才清楚，但現在蘇洵結合兩個問題，提出他的結論，就更具有說服力了。

　　而今讀古人文章，同樣也可以在文章上找問題。例如《四部叢刊》影印宋刊本《皇甫持正文集》卷六〈韓文公神道碑〉云：「先叔父雲，當肅宗、代宗時，獨為文章官。兄會亦顯名，官至起居舍人。會妻之亡，先生以裔服服焉，用報之。」韓愈叔父是韓雲卿，《李翱文集卷十五‧韓君（弇）夫人韋氏墓誌銘》就說：「府君諱弇，自後魏尚書令安定桓王六世生禮部郎中雲卿，禮部實生府君。」《李白全集》卷二十九〈韓君（仲卿）去思頌碑序〉也說：「雲卿文章冠世，拜監察御史，朝廷呼為子房。」可見宋刊本在「雲」字下少下了「卿」字。又韓愈嫂鄭氏死後，韓愈

為她服喪一年（按嫂叔原本無服，貞觀中，魏徵等議請服小功五月，制可。）在〈祭鄭夫人文〉中便說：「昔在韶州之行，受命於元兄，曰：『爾幼養於嫂，喪服必以期。』今其敢忘，天實臨之。」（《韓昌黎文集校注》卷五）李翱〈禮部尚書韓公行狀〉也說：「（愈）幼養於嫂鄭氏，及嫂歿，為之期服以報之。」（卷十一）可見皇甫湜集中「裔服」應改成「期服」。清代《欽定全唐文》倒是把皇甫湜文集缺字訛字補正過來了，讀古書往往很注重善本，但是善本也未必正確，自己還是要細心。

　　再看一生尊儒排佛的韓愈，〈原道〉堅決主張「人其人，火其書，廬其居」，但在他集子裡，仍看到不少和僧徒往還的作品（集中言及僧人法號的，文章有〈送浮屠令縱西游序〉、〈送浮屠文暢師序〉、〈送高閑上人序〉、〈與大顛之書〉；詩作有〈送僧澄觀〉、〈送惠師〉、〈送靈師〉、〈別盈上人〉、〈和歸工部送僧約〉、〈送文暢師北游〉、〈嘲鼾睡二首〉、〈送無本師歸范陽〉、〈廣宣上人頻見過〉、〈聽穎師彈琴〉、〈題秀禪師房〉），因此引起不少人的猜疑，李冶《敬齋古今黈》卷七就批評：「（退之）奈何惡其為人而日與之親，又作為歌詩語言，以光大其徒，且示己所以相愛慕之深？」而早在韓愈活著的時候，也已經有韓愈信佛的謠傳，韓愈寫給孟尚書的信，還特別澄清說：「來示云，有人傳愈近少（稍）信奉釋氏，此傳之者妄也……。」（《韓昌黎文集校注》卷三）

　　雖然韓愈有贈僧徒的詩文，但卻不能輕率的認定韓愈向佛，且看他的贈作，立場其實站得很穩，凡是對於有才

第四章

散文的作法

　　唐代撰寫〈枕中記〉的小說家沈既濟，也是當時有名
的史學家，曾撰《建中實錄》十卷，兩《唐書》稱他「經
學該明」，《新唐書・選舉志》還特別採錄其切言取士之
弊的文章，他說：「近世爵祿失之者久……，古今選用之
法，九流常敍，有三科而已，曰德也、才也、勞也。……
安行徐言非德也；空文善書非才也；累資積考非勞也。」
沈氏對唐代科舉極不滿，《全唐文》卷四七六尚存其議論
多篇。根據《新唐書・選舉志》說：「進士試詩賦及時務
策五道，明經策三道。」由於沈既濟能文不能詩，所以只
考取明經，進士終與他無緣！他是頗感不平的，因此議論
能切中時弊。今舉此例，就是在說明天賦有定，「雖在父
兄，不能以移子弟」，此於《日知錄》卷二十二〈詩不必
人人皆作〉也有論及：

> 古人之會，君臣朋友，不必人人作詩，人各有能有
> 不能，不作詩何害？若一人先倡，而意已盡，則亦
> 無更續……。宋邵博《聞見後錄》曰，李習之與韓
> 退之孟東野善，習之于文，退之所敬也。退之與東
> 野唱酬傾一時，習之獨無詩，退之不議也。《石林
> 詩話》：人之才力有限，李翱、皇甫湜，皆韓退之
> 高弟，而二人獨不傳其詩，不應散亡無一篇存者，
> 計或非其所長，故不作耳（按此說不僅見於《石林
> 詩話》，《中山詩話》、《韻語陽秋》卷三、《二
> 老堂詩話》、《吳禮部詩話》等皆有記載。）二人
> 以非所長而不作，賢於世之不能而強為之者也。尹

師魯與歐陽永叔、梅聖俞善，師魯于文，永叔所敬
也。永叔與聖俞唱酬傾一時，師魯獨無詩，永叔不
議也……。

《管錐編‧全宋文卷三十一》論謝靈運也說：「靈運
以詩名，文遠不稱……。《選》錄取靈運詩甚多，而其文
則舍旃，〈擬魏太子鄴中集詩〉諸序，乃附詩得入，選樓
中學士，非盡率爾漫與也。」的確「力易強而有功，心難
強而有智」，所以像品評成文，傳授經驗的《文心雕龍》，
在談到天分的時候，也只好束手，〈養氣〉就說：「若夫
器分有限，智用無涯，或慚鳧企鶴，瀝辭鑴思，於是精氣
內銷，有似尾閭之波；神志外傷，同乎牛山之木，怛惕之
成疾，亦可推矣。」直到袁枚撰寫《隨園詩話》，更有「書
到今生讀已遲」（卷四）之嘆。

　　人人若能依其「性之所近」去從事各種行業，成功的
機率當會比較高，但天生的資稟只是原始潛能，潛能不被
開發，仍屬徒然！譬如花果的種子，得不到適當環境與照
料，就不可能開花結果；個人縱有優異的資稟，卻不痛下
功夫，也必然苗而不秀，或秀而不實。因此，卓越的天才
仍須深厚的學養，才能締造偉大的成就。本節探討散文的
作法，首先籲請有天分的人「更上一層樓」，不必以有才
華自滿；自覺天分較差的，則應有兼人之勇，不需畏葸退
怯，正如《文心雕龍‧事類》所謂：「才為盟主，學為輔
佐，主佐合德，文采必霸。」而天才的啟發，往往是和學
養同步的（不與學養同步的，多半是小聰明，不是大智

慧），所謂「天才是長久的耐苦」，因此草創鴻筆之前，就要談談平時的準備工夫──學養。

　　學是指廣學多聞，「小子何莫學乎詩？詩可以興，可以觀，可以群，可以怨。邇之事父，遠之事君。多識於鳥獸草木之名。」（《論語‧陽貨》）正是孔子告誡弟子藉著學詩，達到見深聞廣的效果。太史公年十二，遨遊大江南北，縱覽形勢山川，考察風俗物產，探訪故跡遺老，採集民間傳說；韓愈「口不絕吟於六藝之文；手不停披於百家之編。記事者必提其要；纂言者必鉤其玄。貪多務得，細大不捐」（〈進學解〉），一個是橫向式的，從空間的開拓，洞達世情物理；一個是縱貫式的，由時間的串聯，燭照古今遷變。在時空交錯下的一切人事，都有待體驗學習。學的功用在儲知蓄理，擴充眼界，改變氣質。學得愈廣，知識愈豐，審辨愈精當，胸襟愈恢闊，放言下筆，自然雄奇多姿，詳實可據，而非虛浮泛設，無病呻吟，或錯處連篇，引人譏嫌。

　　陸機〈漢高祖功臣頌〉說：「侯公伏軾，皇媼來歸」，這是楚漢相爭，漢王遣侯公說服項羽，中分天下，以鴻溝為界，項羽釋回太公呂后的史事。劉邦的母親，兵起時已死於小黃，高祖五年，追尊為昭靈夫人，具詳《漢書》及顏師古注，可見陸機考史不慎；顏之推《顏氏家訓‧勉學篇》也舉了不少孤陋寡聞的事例，其中像《後漢書‧王莽贊》云：「紫色䵷聲（不正的邪色淫聲）」是指王莽不得正位而以假亂真，篡奪帝位，結果居然有人說王莽像貌不僅鴟目虎吻，而且還紫色蛙聲，這就是學而不精；黃朝英

《靖康緗素雜記》卷十說：「韓愈之子名昶，當為集賢校理，史傳中有說金根處，皆肭斷之，曰：『豈其誤歟？必金銀車也。』悉改根字為銀字。」金根是以金做裝飾的車輛，殷名乘根，秦改稱金根，韓昶的擅改，則是不精於學。再如茅坤〈唐宋八大家文鈔總序〉說：「昌黎韓愈，首出而振之；柳柳州又從而和之，於是始知非六經不以讀，非先秦兩漢之書不以觀……。貞元以後，唐且中墜，沿及五代，兵戈之際，天下寥寥矣！」韓柳活躍的時代是德宗貞元之後的順宗永貞、憲宗元和年間，茅氏竟將貞元敘述在韓柳之後，並在襃揚了韓柳之後又說：「貞元以後，唐且中墜」，顯然在寫作上顛倒失據了。

學海原是無涯，宋祁自敘平生就說：「年過五十，被詔作《唐書》，精思十餘年，盡見前世諸著，乃悟文章之難也！雖悟於心，又求之古人，始得其崖略，因取視五十已（以）前所為文，赧然汗下，知未嘗得作者藩籬，而所效皆糟粕芻狗矣。」（《宋景文公筆記》卷上）這種求好心切，老而彌篤的勤學心態，實在令人讚嘆！學海既無涯，文章若想內涵豐富、意境超遠，廣學多聞正是不可或缺的重要途徑。

其次談「養」，養是指培養識度氣象。一般人聽到「養」，往往會聯想到孟子的善養浩然之氣，其次便是不苟言笑的道學家，然後就覺得文章創作與道德似乎是毫不相干的，可置而不論。的確，藝術的傳達是出於直覺；道德的體現是出於意志，一則超乎實用；一則不離實用，二者實不相謀，但從另一方面說，「言為心聲」，「有其中

必形乎外」，思想情感乃是藝術的靈魂；人格襟抱又是思想情感的淵源，所以古人名章佳什，無不是全部人格的表現，不了解他們的人格，就不能跟他們的創作深深契合，尤其文章家自韓愈以來，多有文道合一（注意：文非道的附庸）的觀念，這可見散文家也是注重養的工夫。

其實人格的養成，就是文格的確立，但千萬別誤會優越的人格都是同一個模子，所謂「如山有恆、華、嵩、衡焉，其同者高也，其草木之榮，不必均也；如瀆有淮、濟、河、江焉，其同者出源到海也，其曲直淺深、色黃白，不必均也。」（李翱〈答朱載言書〉）因此，奇偉貞靜、精廉俊逸等等，莫不是優越的人格，而其轉化為文格，則一如曾國藩〈乙丑正月日記〉分析文境之美，大概有八：雄、直、怪、麗、茹、遠、潔、適；若略分則不外如前文所述的陽剛和陰柔，「陽剛者，氣勢浩瀚；陰柔者，韻味深美。浩瀚者，噴薄而出之；深美者，吞吐而出之。」這完全出乎自然稟賦，絲毫勉強不來。

同樣的，在文格中，也可以反映作者的識度氣象，葛立方《韻語陽秋》卷一云：「居富貴中者，則能道富貴語，亦猶居貧賤者，工於說寒飢也。王歧公被遇四朝，目濡耳染莫非富貴，則其詩雖欲不富貴，得乎？故歧公之詩，當時有『至寶丹』之喻……；李慶孫〈富貴曲〉云：『軸裝曲譜金書字，樹記花名玉篆牌』，晏元獻云：『太乞兒相，若諳富貴者，不爾道也。』元獻詩云：『梨花院落溶溶月，柳絮池塘淡淡風』，此自然有富貴氣。」雖是論詩而移之於文亦然。再看蘇洵、蘇轍父子同樣寫了〈六國論〉，蘇

轍僅拾蘇秦六國合縱，並力向秦的餘緒；而合縱難行，早
見於戰國之時，因此蘇轍此作，堪稱冷菜重炒，乏善可陳；
蘇洵〈六國論〉就不然，在文章一開頭便破題點出：「六
國破滅，非兵不利，戰不善，弊在賂秦。」但他真正的用
意還不只是分析六國破滅的主因，而是進一步借古諷今，
感慨宋朝自真宗以來，奉賂敵寇不已，必蹈六國後塵，最
後結語說：「夫六國與秦皆諸侯，其勢弱於秦，而猶有可
以不賂秦而勝之之勢；苟以天下之大，而從六國破亡之故
事，是又在六國下矣。」雖語意含蓄而深慨無窮，其後果
然宋賂契丹以亡，如此識度，實非蘇轍所能望其項背。

　　為方便起見，將學和養分開敘述，其實兩者如唇之與
齒，是相輔相成，且須漫長一段時間，日積月累，才可望
收效，因此韓愈告訴李翊要「無望其速成，無誘於勢利。
養其根而竢其實；加其膏（油脂）而希其光。根之茂者其
實遂；膏之沃者其光曄──仁義之人，其言藹如也。」而
即天才如東坡，也有自感不足的苦悶，〈稼說贈張琥〉云：
「古之人，其才非有以大過今之人也，其平居所以自養，
而不敢輕用以待其成者，閔閔焉，如嬰兒之望長也。弱者
養之以至於剛；虛者養之以至於充……，伸於久屈之中，
而用於至足之後；流於既溢之餘，而發於持滿之末，此古
之人所以大過人，而今之君子所以不及也。……吾今雖欲
自以為不足，而眾且妄推之矣！」可見有志於文，必先抱
持生死以之的決心，努力充實學養。

　　為文之先，要充實學養，但充實學養仍不能保證成為
令人矚目的文章家，道理正如山上運來的原木，還得經過

一番加工處理，才能成為上好的家具，所以歷史上雖有博學如陸澄書廚、李善（王世貞《藝苑卮言》卷三誤作其子「李邕」）書簏、傅昭學府、房暉經庫，但他們的文學成就，並未凌駕韓柳歐蘇任何一家，原因就在於學養是縱筆為文的先決條件，卻非必然要件，這必然要件若排除前文說過的天生稟賦，可略而不論，另外特別值得一敘的，就是寫作技巧的掌握與運用。

關於文章創作方法，古今文話論述不少，現在且依《文心雕龍·鎔裁》的「三準」說：「履端於始，則設情以位體（建立中心思想）；舉正於中，則酌事以取類（選擇適當的材料）；歸餘於終，則撮辭以舉要（下筆寫出中心思想）。」分成命意、謀篇、修辭三部分加以說明。

一、命意

黃庭堅〈病起荊江亭即事詩〉說：「閉門覓句陳無己，對客揮毫秦少游。」說明陳師道和秦觀文思遲速不同。的確，文思不同，或有成竹在胸，一揮而就的灑然；或有「吟成一個字，撚斷數莖鬚」的苦悶，惟兩者下筆成篇之前，必然都要確立主旨，然後循著主旨，在一團亂絲般的思緒當中，抽取絲頭，這正是所謂「運思」，運思的目的，即為突顯中心意旨的不凡，達到「文似看山不喜平」的功效。然而不凡的中心意旨，又該如何突顯？這就要如《姜白石詩說》所謂：「人所易言，我寡言之；人所難言，我易言

之。」由於人人會說的道理，往往變成老生常談，如重拾牙慧，新意不出，難免味同嚼蠟；但人所難言的意理，固然不失奇特，卻易流於激詭偏詖，難服眾心，所以提昇學養以另闢蹊徑，實為命意不凡的根本之道。

例如韓愈雖然崇儒尊聖，但他的文章卻「狡獪變化，具大神通」，一點也沒有道學味。在〈圬者王承福傳〉，將儒家思想，如「無入而不自得」、「無恆產而有恆心者，唯士為能」、「通功易事」、「勞心者治人，勞力者治於人」、「富與貴是人之所欲也，不以其道得之不處也」，賦加於泥水匠王承福身上，再由他的言談舉止表露出來，恰似著鹽水中，無跡有味；但韓愈又恐王承福成為完美的聖人，因此塑造他成為不畜妻子，獨善其身的楊朱之流，並且還會說出像「天殃」這種小老百姓常用的語彙，意謂其水準尚不甚高。如此一抑一揚，不僅宣傳了儒家精神意蘊，且藉機攻擊了道家的自利，更主要的是，罵盡當時一群尸位素餐的富貴貪佞之徒，收到警世諷人的效果，顯然這篇文章的命意是杼軸別裁，奇偉而不凡。

命意其次應注意的是，一篇之中，旨意不宜繁多，而且務必站穩腳跟，首尾持一，好比軍入敵陣，只有迎前進戰，不能游移退縮，自失立場。《涵芬樓文談·命意》對於這點，說得很好，茲節錄如下：「作文之法，辭句未成，而意已立；既立之後，於是乎始，於是乎終，於是乎前，於是乎後，百變而不離其宗。如賈生作〈過秦論〉，只重『仁義不施』四字；柳子厚作〈梓人傳〉，祇言『體要』二字；韓文公作〈平淮西碑〉，祇主一『斷』字；蘇長公作〈司馬

溫公神道碑〉，祇用『誠一』二字。雖其一篇之中，波瀾起伏，變化不窮，而大意總不出乎此。」這種觀點和《文心雕龍・附會》曰：「總文理，統首尾，定與奪，合涯際，彌綸一篇，使雜而不越」、曾國藩云：「萬山旁薄，必有主峰；龍袞九章，但挈一領」，說法是完全一致的。

二、謀篇

　　主意拿定之後，接下來最困難的，還不是搜尋資料，而是要在許多資料中，設想如何安排布置，以賦予它一個完整的風貌。因為材料如同生糙的粗鋼，未經一番鍛鍊汰取，就無法看出藝術的匠心，而安排布置正是為了達到匠心獨運必然要做的一道手續，這手續，通稱為「謀篇」。謀篇就像排崗步哨，必須籌畫周密，也像敵陣對壘，將校尉士皆有所司；步炮工輜各有顧應；全戰線的主力與側翼，前鋒及後備，都應有條不紊，層次井然，倘若稍見鬆怠，即有全軍覆沒之虞。每篇文章自可因應不同狀況，擺開不同陣勢，但也有萬變不離其宗的原則存乎其間，就兵家言，有所謂常山蛇陣，「擊首則尾應，擊尾則首應，擊腹則首尾俱應」；就文章言，有所謂鳳頭、豬肚、豹尾，「大概起要美麗，中要浩蕩，結要響亮，尤貴在首尾貫串，意思清新」。我國史書如《左傳》、《史記》，對於謀篇都特別講究，值得細心體會，前節談到賞析作品，已有舉例，現在再拿《史記・項羽本紀》鉅鹿之役，敘述戰前、

戰時、戰後的史實，來看太史公謀篇之能。

1. 戰前：此役主導人物是項羽，項羽原來不是主將，因
   為他奪得主將地位，才有此次戰役；又因這次戰爭，
   項羽初立威名，所以把他殺宋義一段寫得眉飛色舞，
   這一戰關係如何重大，作戰計畫又該如何，都從他口
   裏說出，勝敗關鍵便躍然紙上。又此番戰爭已經相持
   許久，所以開端便將各軍所在位置提清，以後小有變
   動，再予補述。

2. 戰時：專記項羽軍隊的行動，秦軍似乎只立於被動地
   位，而其餘聯軍的無能，也一併寫出。

3. 戰後：記諸侯將「入轅門，無不膝行而前，莫敢仰視。
   項羽由是始為諸侯上將軍，諸侯皆屬焉。」顯示項羽
   一戰功成。緊接著敘述章邯之降，為此戰餘波，表明
   秦亡，此戰最為有力。

　　這是從整體架構來說的，至於像王安石稱《春秋》為
「斷爛朝報」，更有人評鄒陽〈上梁孝王書〉像《世說新
語》記載孫綽評曹毗之才，是「白地明光錦，裁為負版絝」
（《世說新語・文學》），正是遺憾沒有好的內容結構。
那麼從篇章的起筆、轉折、作收，又該如何做到美麗、浩
蕩與響亮？以下便略作說明。

　　所謂：「凡事起頭難」，一篇文章要引人注目，起筆
就要有奇思煥彩，不能老做千篇一律的腐熟語，所以文章
開頭的確很困難！蘇東坡文思非常敏捷，但他寫〈潮州韓
文公廟碑〉，起筆也是幾經易稿才寫出「匹夫而為百世師，

一言而為天下法」；歐陽修的刪潤舊作更是出名，例如他為韓琦作〈晝錦堂記〉，原稿首兩句是「仕宦至將相，富貴歸故鄉」，後來才改訂為「仕宦而至將相，富貴而歸故鄉」；又〈醉翁亭記〉，初說滁州四面有山，凡數十字，最後省作「環滁皆山也」五字而已。既然開頭不能千篇一律，又要引人入勝，當然就沒有固定的規矩可循，不過卻可以從文章的性質、寫作的內容和讀者的層面，加以考慮。另外林琴南《畏廬論文》提到起筆應避忌的地方，也值得注意：

> 總言之，領脈不宜過遠，遠則入題時煞費周章；著手不宜太突，突則轉旋處殊無餘地。用考據起，雖頭緒紛煩，須一眼注到本位，方有著落；用駕空起，雖寬泛無著，須旋轉趨到結穴，方能警醒。以上均就論說、贈送序及雜著各體言也。若記山水、記廳壁、記器物、記人，既不能奇，毋寧用年月，或但記事與物之所緣起，較無弊病。

文章有了起頭，正如活水有了源頭，從此盈科後進，或瀠洄潺湲，或飛流直下，或碧波萬頃，或怒潮澎湃，總須各具波瀾，奔赴到海，而不能淤瀦成一灘死水，甚至乾涸枯竭，所以既要段段能夠承接，又要處處能夠轉折。蘇東坡〈留侯論〉開頭說：「古之所謂豪傑之士者，必有過人之節」，以下便由不能忍與能忍兩層意思承接貫說；韓愈〈祭十二郎文〉說：「汝去年書云：比得軟腳病，往往

而劇。吾曰：是疾也，江南之人常常有之，未始以為憂也。嗚呼！其竟以此而殞其生乎？抑別有疾而至斯乎？汝之書六月十七日也；東野云，汝歿以六月二日；耿蘭之報無月日。蓋東野之使者，不知問家人以月日；如耿蘭之報，不知當言日月；東野與吾書，乃問使者，使者妄稱以應之耳，其然乎？其不然乎？」而這就是下文「汝病吾不知時，汝歿吾不知日」的來源。

再看韓愈〈送董邵南序〉，陰抑燕趙，蘊含許多挽留董生，勸告董生的言外之意，雖短短一百五十字，卻有三層起伏轉折。原來董邵南準備離開京城，去投靠河北藩鎮，一般臨別的時候，總要說些慰勉祝福的話，但韓愈就寫得與眾不同，不僅深刻，且有創造性。先是從古代河北（燕趙）說起，不得志於有司的董邵南，到了那裡，一定可以和當地感慨悲歌之士合得來，接著語氣一轉，轉說到風俗教化古今不一定相同，所以董邵南這回到河北，合不合得來，就不可知了，這是用古今對比，含蓄的貶低河北藩鎮。最後再轉出正意，要董生去憑弔樂毅的墓，並勸屠狗者（《史記·刺客傳》說，荊軻至燕，愛燕之狗屠及善擊筑者高漸離）該出來做官了。以樂毅和屠狗者承接「燕趙古稱多感慨悲歌之士」，而屠狗者都應該為朝廷出力了，董生不應該去幫助藩鎮的意思，就呼之欲出了。

水色之美，往往需要兩岸風物與青山景致的襯映；文章本身除應注意脈絡承接轉折外，也需要多種技巧的烘托，這就是修辭學的運用，我們另外在下文的修辭部分再說，現在先談收筆。文章不論順勢而起或劈空而來，到了

結尾，總要讓人有餘音繞樑；齒頰回甘的感受，若成了強弩之末，難穿魯縞，不免讓人惋惜敗興，因此「結要響亮」，意味最後一筆，依然精神暢旺，不是頹然作收，也不是啞然無韻，這是文章的最後關鍵，善為文者，無不留意再三。《史記》中，往往就能看到結尾的神來之筆。

　　〈項羽本紀〉寫項羽死後，各地皆降，獨魯不下，於是持項王頭示魯，魯父兄乃降。太史公說：「始楚懷王初封項籍為魯公，及其死，魯最後下，故以魯公禮葬項王穀城。漢王為發哀，泣之而去。」項羽是至情血性男兒，魯人對他忠誠，當可稍慰其寂寞，尤其劉邦和他對敵四年餘，最後居然泣之而去，可見前仇舊恨至大限到來，終於一筆勾銷；而惺惺相惜之感，也意味劉邦並非刻薄寡情之人，像〈高祖本紀〉敘述高祖還沛，高祖不僅擊筑，且歌詩起舞，慷慨傷懷，泣數行下，便說：「遊子悲故鄉，吾雖都關中，萬歲後吾魂魄猶樂思沛……。」一位到達成功頂峰的人，在他晚年，畢竟會興起鳴哀之言！司馬遷《史記》雖有多處嘲諷劉邦，但對於劉邦出乎真情的舉措，並不忽略，所以結尾特別針對此事補上一筆：「孝惠五年，思高祖之悲樂沛，以沛宮為高祖原廟。高祖所教歌兒百二十人，皆令為吹樂，後有缺，輒補之。」

　　至於後來文家，像韓愈寫〈圬者王承福傳〉，結語說：「又其言有可以警余者，故余為之傳而自鑒焉。」前文深刻罵盡尸位素餐之徒，現在竟狡獪的脫卸罵人言責，說是要警惕自己，才寫這篇傳記，可說收束得非常高超有趣；杜牧〈阿房宮賦〉結尾說：「秦人不暇自哀而後人哀之；

後人哀之而不鑑之，亦使後人而復哀後人也。」盼望後人以秦亡為鑑，回環往復，層層推演，不僅符合賦體諷諫的原則，也發抒了作者的胸臆（杜牧〈上知己文章啟〉說：「寶曆（唐敬宗年號）大起宮室，廣聲色，故作〈阿房宮賦〉。」）蘇東坡〈留侯論〉最後說：「太史公疑子房以為魁梧奇偉，而其狀貌乃如婦人女子，不稱其志氣，嗚呼！此其所以為子房歟！」將太史公見張良畫像如婦人好女，與他論張良的能忍相結合，使本篇論辯更具說服性；歸有光〈項脊軒志〉收筆云：「庭有枇杷樹，吾妻死之年所手植也，今已亭亭如蓋矣。」樹猶如此，人何以堪！大有世事滄桑之感。凡此都是很好的收筆範例；但就是上等好藥對別人有益，自己不明究裡隨便用，反而會造成傷害，所以運用之妙，仍是「神而明之，存乎其人」了。

三、修辭

　　常有人問，究竟內容重要還是辭采重要？這就像是問：「手心手背那邊不是肉」一樣有趣。固然「繁辭損枝，膏腴害骨」是奉勸人別太注重辭采，但「虎豹無文，鞹同犬羊」何嘗不是警示大眾，別忽略了修辭？當然修辭在於立誠，若誠不立而反惑於辭，就跟買櫝還珠沒兩樣了，古代散文家像韓愈〈答尉遲生書〉說：「所謂文者，必有諸其中，是故君子慎其實。實之美惡，其發也不掩。」（《韓昌黎文集校注》卷二）柳宗元〈報崔黯秀才論為文書〉：

「辭之傳於世者，必由於書；道假辭而明，辭假書而傳，要之，之道而已耳……。今世因貴辭而矜書；粉澤以為工，遒密以為能，不亦外乎？」（《文集》卷三十四）歐陽修〈答吳充秀才書〉：「夫學者未始不為道，而至者鮮……。蓋文之為言，難工而可喜，易悅而自足，世之學者往往溺之，一有工焉，則曰吾學足矣，甚者至棄百事，不關於心，曰吾文士也，職於文而已。此其所以至之鮮也。」（《居士集》卷四十七）雖有貴道務本的意思，卻未嘗沒有辭必己出，務去陳言，一空依傍的用心在，否則歐公也不至於有「不畏先生瞋，卻畏後生笑」的軼聞流傳文壇了。由於目前坊肆多有關於修辭方面的書籍，因此在這裡僅提出幾個重點，供讀者參考。

1. **對比**：這是運用時空差異、人事變遷，或突顯今昔之感，或借勢比較論證，使文章各自達到抒情和說理的功效。例如袁枚〈祭妹文〉全篇不斷以今昔未來作對比，觸發無窮的感慨，袁枚因目前的哀痛而憶起昔日的歡娛，這是極為無奈的一種心理慰藉，讀者卻因此從這絕不相侔的兩種情緒中，產生「今不如昔」的強烈對比來。其次年光不能倒流，歡娛之景再難重現，而死後有知無知，能相見或不能相見，又不可憑信，於是作者的無涯之憾就更加深刻了。再說，過去是歡娛的，現在是哀痛的，那麼將來又將如何呢？「（吾）至今無男……，阿品遠官河南，亦無子女，九族無可繼者，汝死我葬，我死誰埋？」這種來日茫茫，也許將更悲慘的前景，愈不能使人釋然於懷了。

　　再看韓愈〈上張僕射書〉，正是一篇善用對比的絕佳論辯文字，韓愈首先搬出《孟子·公孫丑》：「將大有為之君，必有不召之臣」的一番話，然後高抬自己和張建封於群僚王公之上，認為「惟執事可以聞此言；惟愈於執事也，可以此言進」，誘導張建封入其彀中，建封如不順其意，就跟悖道好利的王公大人沒兩樣了。接著便開始述說建封聽從韓愈之利為何？如不聽從之弊又如何？爾我對舉，反正相形，於是韓愈與張建封，一是節度推官，一是節度使，現在卻成為合之雙美，離則兩傷的互動關係，韓愈筆力，真逼得建封毫無迴旋之地了。又除了段落中有對比外，再從整篇結構來說，也頗有對比之美，閔師孝吉說：「前半幅仗公義說理，後半幅以私交陳請。合全篇以觀，有人有我，不卑不亢。」確實是韓愈學孟子「說大人則藐之」的佳篇絕構！

2. **誇飾**：鋪張揚厲，顯豁難以名狀的物理人情，達到聳動聽聞，引人入勝的效果，就叫誇飾。東漢王充《論衡·藝增》說：「譽人不增其美，則聞者不快其意；毀人不益其惡，則聽者不愜於心。聞一增以為十，見百益以為千。」由於王充強調務實，對於文藝創作也要求合乎事實，所以凡是經傳飾辭，一概予以抨擊，這固然對當時浮誇虛誕的文風有針砭作用，但對於文章想表達難言之意，使讀者得言外之情，勢必發生困難，因此像《孟子·萬章》說：「說詩者，不以文害辭，不以辭害志，以意逆志，是為得之。如以辭而已

矣，〈雲漢〉之詩曰：『周餘黎民，靡有孑遺』，信斯言也，是周無遺民也。」這種解釋是非常允當的。

　　賦者，敷也。所以辭賦是最善於誇飾的一種體裁，有名的宋玉〈登徒子好色賦〉就說：「天下之佳人，莫若楚國；楚國之麗者，莫若臣里；臣里之美者，莫若臣東家之子。東家之子，增一分則太長，減一分則太短；著粉則太白，施朱則太赤。」這種自全天下之大，收束至某一焦點的筆法，太史公在〈西南夷傳〉也用到了，但太史公的筆法卻不算誇飾，太史公是因為記述的對象，不能有所偏重，但又不能遍舉，於是按地區分類，如此一來，各類的方位、風俗、部落族群，無不綱舉目張，明白簡淨，可以說這種以類相從的敘述方式，是類敘法（韓愈〈畫記〉將一幅田獵人物畫的人、馬及其他動物、雜器物全數羅入文章中，正是用這種組織法。）但是後來柳宗元〈遊黃溪記〉，起筆雖仿照太史公的類敘方式，卻有著像宋玉那樣的誇飾意味在。〈遊黃溪記〉說：「北之晉，西適豳，東極吳，南至楚越之交，其間名山水而州者以百數，永最善。環永之治百里，北至于浯溪，西至于湘之源，南至于瀧泉，東至于黃溪、東屯，其間名山水而村者以百數，黃溪最善。」宗元出生於京城長安，祖籍是山西，永貞事變後被貶永州（湖南零陵），所以他文章開頭提及山西、陝西、浙江，一直到湖南以南如此廣大的地區，的確都是他足跡所到的範圍，他認為那麼多州，就以永州景色最美；永州境內那麼多村落，又

以黃溪最美，頗有誇飾意味，顯然是作者主觀情感的認定，而有誇飾情感，當然無法與秉筆直書的史傳作等量觀了。

3.設喻：劉向《說苑》卷十一〈善說篇〉，惠施對梁惠王說：「夫說者，固以其所知，諭其所不知，而使人知之。」此足以說明，運用各種方便權巧，使人充分了解，即稱為「譬喻」。戰國諸子其實不分那一家，都特別擅長譬喻，像孟子就常常藉譬喻來詮釋他的主張，諧趣幽默中，流露無比智慧光芒，如以逐漸減少偷雞，諷刺商業稅不能馬上停徵（〈滕文公〉下）；以揠苗助長說明養氣不能望其速成（〈公孫丑〉上）。尤其像〈離婁〉下「齊人有一妻一妾」章，到最後才點出貪求富貴利達的人，連妻妾都將感到羞泣，真可說是「善『譬』無瑕讁」了！宋代陳騤《文則》卷上將設喻之法分為：直喻、隱喻、類喻、詰喻、對喻、博喻、簡喻、詳喻、引喻、虛喻，共十類，實際上未免過於瑣碎，歸納這十項條例，大可將它併為明喻、暗喻兩類。

　　試看《史記·淮陰侯傳》，蒯通遊說韓信背漢，參分天下，鼎足而居，就用了明喻和暗喻。蒯通先說：「相君之面，不過封侯，又危不安；相君之背，貴乃不可言。」最後又說：「猛虎之猶豫，不若蜂蠆之致螫；騏驥之跼躅（遲疑），不如駑馬之安步；孟賁（勇士）之狐疑，不如庸夫之必至也；雖有舜禹之智，（沈）吟而不言，不如瘖聾之指麾也。」前者用語含雙關的

相術，先試探韓信的意向，屬於暗喻；後者列舉四項
兩兩對比的迥異狀況，勸韓信知而不決，必招後禍，
則屬於明喻。

　　修辭學上或有更精確的定義，不過大致來說，明
喻頗類似比擬，如裴駰〈史記集解序〉曰：「時見微
意，有所裨補，譬嘻星之繼朝陽，飛塵之集華嶽」；
裴松之〈上三國志表〉曰：「繪事以眾色成文；蜜蜂
以兼採為味，故能使絢素有章，甘踰本質。臣實頑乏，
顧慚二物！」既是明喻，也是比擬。暗喻則頗類似寓
言（有寓意之言，未必是完整的故事），所以像韓愈
〈雜說〉「龍噓氣而成雲」一首，或有人說是比喻君
臣遇合；也有人說是指德行道義，發為事業文章；更
有人說龍比喻自己，雲比喻文章，意思是指立言不
朽，端靠自己。此作之所以眾說紛紜，正因韓愈用一
種寓言式的暗喻法，並沒有將寄託清楚的點出，所以
留給讀者無窮的想像空間。說它是暗喻的文章並沒
錯；說它是寓言也未嘗不可，難怪方苞推崇備至的
說：「尺幅甚狹，而層疊縱宕，若崇山廣壑，使觀者
莫能窮其際。」（《韓昌黎文集校注》卷一）

　　此外，《老學庵筆記》卷八提到：「國初尚《文
選》，當時文人專意此書，故草必稱王孫；梅必稱驛
使；月必稱望舒；山水必稱清暉。至慶曆後，惡其陳
腐，諸作者始一洗之。」到現在還常聽人形容美女是
「閉月羞花，沈魚落雁」；才子是「學富五車，才高
八斗」，諸如此類，對一般人而言，沿用成語無可厚

　　非；對文學創作者來說，就是一種惰性的慣力驅使。

　　一味按照習慣走，總比創新來得簡單，所以寫作的時候，不知不覺便容易滑入「窠臼」裡頭。「窠臼」可能是自己常用的老套，也可能是世俗某一段時期的偏好，總之對作者的創作，往往造成無可彌補的傷害。因此《後山詩話》就說：「永叔謂為文有三多。看多、做多、商量多也。」多看可以提昇學識；多做對於文字駕馭、技巧純熟（熟與爛有火候之別，不能相提並論），都有助益；商量多就是事後的反省檢討，避免用辭不當，或落入窠臼之中，歐陽修的精神，值得習文者效法。

　　說完散文作法，讀者千萬別跟著掉入窠臼之中，在沒動筆開始寫的時候，就先想：「這段要設喻，那段要呼應；這段要吞吐嗚咽，那段要繳結有力……。」如此刻舟求劍，本末倒置，一定寫不出光景常新的好文章。寫作方法本是從文章歸納出來的通則，要懂得活用它，而不為法所縛，才是探討它的真正用意。孔子說：「吾嘗終日不食，終夜不寢，以思，無益，不如學也。」所以即使說得再多，還是要親自嘗試，才能體會箇中甘苦，否則數他人家珍，仍然不是自己的。

附　錄

量守廬請業記敘

「量守廬」為蘄春季剛先生所居處，蓋取淵明〈詠貧士〉：「量力守故轍」而名焉。民國二十三年夏，　閔師孝吉偕同年友席群赴南京謁先生，遂居廬中，先生分兩日為授國學四部，挈領提綱，有原有本，二人即詳加筆記，奉若重寶。翌年十月，先生遽因胃疾駕歸道山！旋以喪亂相乘，　閔師浮海渡臺，手稿盡失，詎意數十年載，兩岸郵遞重通，瑰寶復得；因囑門弟子伯謙細校存檔，庶裨益來學，時維民國八十二年菊月。日居月諸，時節如流，忽忽近一紀矣，　閔師亦辭世累年，其平生述作，散佚者多；輯存完稿者，終未梓行！憶伯謙之入上庠，習辭章，幸蒙師之啟牖，始通翰墨；今撰文縷陳心得，既求以光美篇幅，兼慮以樹範垂則，故取此請業問道筆記，用供附錄，俾學者多識前言往行，亦「雖無老成人，尚有典型」之意也。苟得潛心冥搜，悟進學之階，知習文之本，優遊藝林之府，弸中以彪外，軒昂而成器，則余亦不枉　閔師昔年付囑之勤云。

九十三年臘月林伯謙謹誌於東吳愛徒樓

量守廬請業記

蘄春　黃季剛先生講
黃席群　　閔孝吉記

第一記

一、音韻

　　音韻之學可分三部，一曰音史，二曰音理，三曰音證。音理最為艱深，暫宜從略。音史始於表譜之學，如《切韻指掌圖》、《七音略》等書是也。惟每易令人茫昧，初學宜先讀下列諸書：

1. 顧亭林《唐韻正》、胡秉虔《古韻論》、莫子偲《音韻源流》、龍啟瑞《古韻通說》（以上音史）。

2. 顧亭林《音學五書》、段玉裁《說文解字注》、馮桂芬《說文段注考證》（此書於段注極有功，類似索引）、王念孫《廣雅疏證》（此書合音韻訓詁而為一）、郝懿行《爾雅義疏》（以上入門之書）。

二、《說文》

　　《說文》中「象」字「說」字下是解說，「也」字以上是所以解說。《說文》之解說，必關形體。字書之編製有分類法者，自許叔重始。而許氏之功，尤在以部首領群字。至於「蒙次」之法，不必深究。然五百四十部未嘗不能增減，《玉篇》即其一例。江慎修曾謂卅六字斷不可增減一字，乃為明末一般好事增減之徒言之。《說文》部首之不可增減，亦所以為好事增減者言之也。

三、讀經之法

　　讀經次第應先《詩》疏，次《禮記》疏。讀《詩》疏，一可以得名物訓詁，二可通文法（較讀近人《馬氏文通》高百倍矣）。《禮》疏以後，泛覽《左傳》、《尚書》、《周禮》、《儀禮》諸疏，而《穀》、《公》二疏為最要，《易》疏則高頭講章而已。陸德明《經典釋文》宜時事翻閱，注疏之妙，在不放過經文一字。

四、讀史之法

　　二十四史中，《史》《漢》《國志》《新唐書》屬於「質」之一類，餘皆「文」也。《後漢書》文近碑板，其

中改竄東漢人文字甚夥，看此書時，參觀袁宏《後漢紀》，藉睹其嬗蛻之跡。《三國志》例最謹嚴，較班固尤過之。裴注極多，反嫌繁複，讀時可僅看陳氏本文，求其史例及文法。

五、讀《文選》法

　　《文選》採擇殊精，都為名作。《文選》之學有二，一曰「文選學」，二曰「文選注學」。吾輩可捨注學而不講求，否則有床上架床，屋上架屋之弊。讀《文選》時，應擇三四十篇熟誦之，餘文可分兩步功夫。

　　（甲）記字：一曰記艱澀不常見之字，二曰記最恰當之
　　　　　　字。

　　（乙）記句：至少須有千百句鎔裁於胸，得其神髓局
　　　　　　度，例如〈高唐〉、〈神女〉兩篇，則更為枚乘、
　　　　　　司馬相如二大家之所祖述。至於韓愈〈平淮西
　　　　　　碑〉，亦模擬〈難蜀父老〉而成也。

　　《文選》不必拘於體例，表章亦猶書疏，皆繫乎情也。〈阿房宮賦〉末段並韻而無之，頗類〈秦論〉。〈赤壁〉兩賦及〈春醪賦〉、〈秋聲賦〉，皆賦中變體，與漢賦不同。讀《文選》一書，不如兼及《晉書》、《南北史》。史載之文，非其文佳妙，即與史事有關耳。

　　讀《文選》後，當讀《唐文粹》，以化其整滯。

六、基本書籍

　　《十三經注疏》、《大戴禮記》、《荀子》（不讀《荀子》，不能明禮）、《莊子》（不讀《莊子》，不能明理）、《史記》、《漢書》（不讀《史》、《漢》，不能治經，反之亦然）、《資治通鑑》（不徒事實詳贍，文亦極佳）、《通典》（不讀《通典》，不能治《儀禮》）、《文選》、《文心雕龍》、《說文》、《廣韻》。以上諸書，須趁三十歲以前讀畢，收穫如盜寇之將至；然持之有恆，七八年間亦可卒業。

　　讀書貴專不貴博，未畢一書，不閱他書。廿歲以上，卅歲以內，須有相當成就；否則性懦者流為頹廢，強梁者化為妄誕。用功之法，每人至少應圈點書籍五部。

　　讀書宜注意三事：

　　（甲）有定──時有定限，學有定程；

　　（乙）有恆──不使一己生厭倦之心，而養成不能厭倦之習，不稍寬假，雖有間斷，必須補作；

　　（丙）愛惜身體──此為用功之本。誠如是，則二十年內不患不成矣。

　　今值中國學術轉變之交，學者宜注意三點：

　　一、盡廢時人之書；

　　二、不事目錄之學；

　　三、緩言參考之說。

學問不必在於分類，有形之物，固不可並；無形之理，亦何可泥？但求其大體而已。

劉申叔先生云，兩部《皇清經解》中，可存之書不多，足徵著述不易流傳。無注之書，使其有注；有注之書，則淘汰之。「學術」二字應解為「術由師授，學自己成」。戴東原學術提綱挈領之功為多，未遑精密。其弟子若段懋堂、孔廣森、王念孫，靡不過之。閻若璩六十始見注疏（見《尚書疏證》）；錢竹汀四十之初睹《說文》（見其年譜）；王闓運五十方閱《本草綱目》（見其日記）。學能專精，雖遲固無害也。初學如小兒須賴扶持，稍長能自立矣。三四十以後，不惟自立，父母有過，可事諍諫，則師說之誤，亦得而修正之。（席群按：季剛師在音韻方面，曾修正太炎先生之古音分部法。）

第二記

一、（古）音韻

十九聲類終無可分之理。余用戴東原之說，將入聲分出，增太炎師二十三部為二十八部，頗有八九可靠。古有一四類音，而無二三等音。發音機關喉舌齒唇而已，然古音不可無故而消滅；今音不可無故而產生。古之語言不可

造，名詞之類，則隨事而增，不在此例。余近年授音韻學，以《等韻》及《切韻考》為主。若江慎修之《音學辨微》，亦不可篤信。蓋所謂「辨微」者，辨江君一人之微耳，非天下人之微也。總之，音韻之事以口說為始，記憶為終。

　　《鄭志》云：既知今，亦當知古，不可泥也。

二、小學

　　看《說文段注》，應參看《段注匡謬》、《段注考證》、《段注補訂》三書，而《段注》尤為入經之資。由小學入經，由經入史，期以十年，必可成就。《說文》一書，兼音形義。義從音生，忽於音者，必忽於義。如《毛詩》「周行」二字，作「周之行列」解，則讀如杭；作「忠信之道」解，則應讀本字本音。

三、經學

　　《毛詩》分經、傳、箋、疏四種。若單就本文任意解說，可人持一說，人生一意。如近人以「寢廟」為「寢室」，是執今意以解古人之文字，未有不荒謬絕倫，令人噴飯者。詩所以可以言，蓋在立言有法，非任性言之也。《毛傳》之價值，的等於《左傳》、《公羊傳》。夾衣不可無裡，則經不可無傳也明矣。《鄭箋》亦不易明，有看似易

知，而實不易知者。注之妙用，在不肯放過一字、放過一事；雖有紕謬，亦必究其致謬之原。陳碩甫《毛詩傳疏》，專用西漢之說，不主《鄭箋》，極謬！譬之猶講唐詩而薄宋詩，可乎？至若今古文雖同時，卻不可通，故治經必須篤守師說，雖文義了然，若無師說，亦必謬誤。先之以訓詁，繼之以文義，文義既清，而後比較其說，觀其會通。

　　讀注疏，非貫通全疏，不能了然。北方學者，不讀全經（見《日知錄》），故紀曉嵐講《穀梁》，致誤為西漢人所作，蓋宗東原之說，以《公羊傳》比較而來，不知《穀梁》本係穀梁赤所自為，《范注》已明言之。如董仲舒所講《公羊》，則得諸口授，未有傳書。紀氏又謂：

> 至〈公觀魚於棠〉一條、〈葬桓王〉一條、〈杞伯來逆叔姬之喪以歸〉一條、〈曹伯盧卒於師〉一條、〈天王殺其弟佞夫〉一條，皆冠以「傳曰」字，惟〈桓王〉一條與《左傳》合，餘皆不知所引何傳。疑寧（按即范寧）以傳附經之時，每條皆冠以「傳曰」字，如鄭元、王弼之易，有「象曰」、「象曰」之例，後傳寫者刪之。此五條其削除未盡者也。（見《四庫全書總目》卷廿六）

不知凡「傳曰」皆穀梁赤自傳之辭，其說見隱公八年注，隱公只看九年之注，而未上及八年，乃成此謬。可知讀注疏不貫全文，不能發其蘊積也。

四、史學

　　治史之要，以人、地、官、年為入門之基；四者亦即歷史之小學也。譬諸《左傳》，公子呂、子封即一人，說見《世本》，若不細看，鮮有不認為兩人者。至若地理，則當識其大者，如歷代之沿革變遷，其府縣州廳之名，自當查看，不煩強記也。如《史記索隱、正義》，文多不通，其所以存者，以地理可看耳。

　　讀《晉書》，當參看近人吳絅齋《晉書斠注》；然吳注多取資湯球，而全書不見湯名，跡近剽竊。梁章鉅所著書，多係從人售來者，如《文選旁證》、《三國志旁證》，皆非自撰。其自撰者只《浪跡叢談》一書，較前二者迥不類矣。趙雲崧史學甚篤實，而經學極謬，然余敢斷言其《二十二史箚記》，決非剽竊。

五、泛論

　　小學之事在乎通，經學之事在乎專，故小學訓詁宜自本文求之，而經文則自注疏求之。士大夫多有以《三國演義》為《三國志》者，故《三國演義》之誤人，較《紅樓》、《水滸》尤過百倍，以其淆亂史事也。

　　人生一念之明，等於遠處一燈，非暗室一燈。　（完）

祭鄭因百教授文

維

中華民國八十年八月十一日，東吳大學校長楊其銑率教職員生代表，謹以鮮果清酌之儀，致祭於

鄭故教授因百先生之靈曰：嗚呼！

先生誕育西蜀，傳家北燕。俊哲挺耀，清標自天。吐屬沖粹，殫學深研。年纔廿四，早登講筵。詩裁雲錦，論製新編。問途有徑，師道不捐。江山歷劫，翩來臺員。亂離憂集，宵旰慮煎。翔鶴避繳，徙鵬隨緣。賡業黌序，智照彌圓。徒兼亞美，涉徧大千。遐荒遠裔，敬禮告虔。東吳子弟，嚮慕流連。及門希仰，岱嶽嵩巔。融融淑日，樂奏管絃。承師明指，聯舉蹁躚。春秋代運，歲馭華年。誨導無倦，晚節益堅。風徽垂範，遑讓昔賢？忽言寢疾，遐逝高眠。少微光掩，珠斗凝煙。從今已矣，孰諟予愆？嗟吾後學，慘惻涕漣。具誠薄觴，冀徹幽泉。哀哉尚

饗

祭東吳大學中文系兼任講師李光筠先生文

　　維

中華民國八十一年五月六日，東吳大學中研所所長兼系主任
歐陽炯率師生代表，謹以清醴香花之儀，致祭於
光筠先生之靈曰：芒寒珠斗，悲風捲巖壑之煙；光掩少微，
宿霧暗雲霞之彩。箕星夜墜，曼卿忽主於芙城；鵬鳥宵臨，
賈生竟蹤之緱嶺！

　　先生隸籍山東，長誕臺北。言行根自古人，藉詩書以箴
規；聰穎得乎天授，燭理事之無違。度若汪洋，胸羅宏維。
初識者一見即如故，交舊者彌堅而莫悔。始升序庠，進學毋
退。師門請益，晨夕侍隨。旋獲本所碩士學位，應聘世新學
院，且兼任本系講師，勤劬研求，悉心教誨。乃更致力兩岸
學術交流，籌擘指麾。學界隆譽，足耀其門楣。誠篤尚義，
遍播乎通遠。方謂德以徵年，享大耋期頤之萃。何意事難償
願，動楚些招魂之衰。嗚呼！陳篋徒存，孰檢德徽？嵇叔夜
山陽之笛，向秀聞而興悲；謝太傅西州之門，羊曇過而墮淚。
蓋遽見典型之既墜，寧無感梁木之崩頹？其聊陳芻束，粗具
葑菲。惟祈　昭格，鑒此忱微。哀哉尚
饗

祭張清徽教授文

　維

中華民國八十六年正月十一日，東吳大學中研所教授許清雲
率系所員生代表，謹以鮮果香花之儀，致祭於

張故教授清徽先生之靈曰：悠悠廣宇，山川氤氳。幽燕古地，
久萃人文。惟我

先生，載誕哲門。清標霜潔，馨德蘭薰。濬發綺采，激揚英
芬。敏高清照，捷逾淑真。吐詞精粹，敷藻軼塵。詎逢變亂，
椒蕙棄焚。避徙鯤島，期靖瘴氛。隨緣黌序，課授典墳。詩
詞輪轅，劇藝駢闐。席間堂前，頻露懷珍。東吳子弟，嚮道
慕津。風晨雨夜，笑語生春。牗誨無厭，倒廩傾囷。夫子之
學，卓爾入神。既經明指，超騫彝倫。優遊多暇，眷眄彌深。

　春秋遞嬗，歲運時逡。樹教垂範，輝燿士林。忽言示疾，
年薄夕曛。老成凋喪，謦欬靡聞。而今已矣，德音兩分。高
山安仰，逝水沄沄。彤史標名，悼嘆白雲！芳菲具獻，百果
謹陳，鑒此心素，惟祈　昭臨。哀哉尚

饗

祭林故所長炯陽教授文

　　維

中華民國八十八年四月十一日，東吳大學中文系主任許清雲
率系所師生代表，謹以鮮果香花之儀，致祭於
林故所長炯陽教授之靈曰：灝灝穹蒼，英靈鍾蘊。雨都鯤島，
勃萃龍麟。惟我
先生，門蔭蘭薰。天和發外，虛白存心。法書諳熟，淵秉父
訓。敏學慧悟，播聲廓鄰。

　　爰躋黌序，鼓鑄芳醇。憲章著述，博雅經綸。仲舒三夏，
康成九春。研精飛沉，魏晉詩韻。揣深洪細，唐宋切音。籠
圈條貫，南北古今。名颺實副，迥軼儕倫。躬綽餘裕，兼以
達人。績邁邃遠，啟戩來歆。業高道繫，謨明亮寅。乃操系
務，會友輔仁。高閣晝開，車馬接軫。東吳弟子，慕道扣津。
私淑風偃，薄延天濱。獎勖提攜，崇德旌信。傳誨誘掖，倒
廩傾囷。

　　閱歷八載，人情和均。質性自然，長揖辭隱。偃息華館，
方羨抽簪。有門屢閉，無水恆沉。草解忘憂，花堪笑吟。鷗
鳥逐酒，鯈魚聽琴。葛洪藥性，郭璞字林。娛情把卷，閒趁
披尋。

　　春秋代運，寒暑遞邅。本期眉壽，樹範垂箴。忽言示疾，
耗訊駢侵。尚酬小詩，逸態道穩。志無紛擾，安凝頤神。擘

籌庶事，調理嫁婚。孰云一旦，喘劇言瘖。倐致化度，譽歘靡聞。川瀆淒咽，群山糾紛。黯兮慘悴，嵐悲日曛。鳴呼已矣，德音兩分。景行詎仰，道業誰耘。頓足延佇，望悼白雲！

　　追懷風貌，溥集靈輔。芳菲具奠，百果謹陳。馨香獻祭，酒餚饈珍。鑒此心素，虔薪　昭臨。哀哉尚

饗

祭閔公肖佽教授文

維

中華民國八十八年八月二十八日，東吳大學中文系主任許清雲率系所師生代表，謹以清醴馨香之奠，敬祭九江閔故教授肖佽先生之靈曰：

德深有繼，道大難量。世馳聲祿，騖縱癲狂。獨　公揖謝，高蹈清涼。豈性矯厲？稟分有方。粵惟我　公，載誕九江。跡接五柳，神契三皇。家道餘慶，挺生含章。蒙發兄上，長游鄉邦。志行粹美，佩玉鳴璜。親師取友，學嗣古黃。爬羅別扶，刮垢磨光。墳典淵貫，采藻汪洋。

後值喪亂，寇氛獗猖。播徙重慶，闢築草堂。苴齋別號，耕讀為常。本擬興復，結伴還鄉。紅塵澒洞，勢情鞅張。揭來圓嶠，飽挈書囊。杌隉厄困，酸辛累嘗。安怡自得，藝圃翱翔。述職府院，且謀稻粱。穎脫錐見，品望清揚。即受委請，來聘膠庠。

經傳輪係，散駢騰驤。雕室鑄顏，發語鏗鏘。淬礪礱鍛，端嚴正剛。傳燈牗導，慧海舟航。人懷畏敬，恪遵不忘。黌宇新構，書館巍昂。得　公華翰，鑲壁垂昌。教澤廣被，桃李流芳。誘掖無倦，四十星霜。翩然幽遯，羈網遠颺。仁里鳳棲，德門龍藏。庭少三徑，屋侷四房。籤插軸萬，卷盈縹

緗。左圖右史，壁立琳瑯。人苦其隘，道勝何妨？密吟恬詠，斯樂未央。

皇天葆眷，允壽而臧。鶴籌添算，耄耋康強。虔禱期頤，盃頌無疆。瞬忽羽化，猝焉云亡。視若脫屣，齊猶彭殤。訃音驚告，神摧心傷。雙溪慘咽，靈山震惶。元龜何寄，南鍼孰匡？自今以往，誰示周行？淒愴弔影，獨立蒼茫！儀型逝矣，節厲彌香。慕嚮道範，山高水長。

仰追風德，布奠傾觴。珍饈百果，聊盡衷腸。　公靈有感，來格來嘗。嗚呼哀哉！尚

饗

祭潘公石禪教授文

維

中華民國九十二年五月二十四日，東吳大學中文系主任許清雲率系所師生代表，謹以清醪香華之儀，致祭於

故研究教授石禪先生之靈曰：東南鄒魯，紫陽闕里。溙水波澄，疊巒邐迤。地氣鍾靈，人傑鬱起。綱常齊範，德礪節砥。儒統鴻緒，習詩學禮。爰有我

公，攸集慶喜。生而歧嶷，世尠倫比。挺沖邈之風標，資高明之英質。神蕭蕭以昂藏，志浩浩而秀逸。樂劉峻之書淫，躭杜預之《傳》癖。忘日景於移辰，籠淵函於虛室。遂得剛公之嘉姻，與夫沆老之道藝。

於是執教黌宇，牖啟來歆。督誨和懌，四方相尋。茂績邊遠，殊勳邈深。經術卓爾，學者仰欽。德高道繫，謨明亮寅。用掌系務，會友輔仁。飆塵襲捲，兵禍交頻。東西飄蕩，流離苦辛。乘槎浮海，香江棲身。講學毋輟，經冬歷春。聲名逾顯，隔海浹聞。翩臨蓬嶠，立人達人。傳道以高樹節義，授經以廣宣典墳。國字正體自斯而定議，《石頭》微言因是而重申。

若夫國寶祕藏，烏鐍遺珍。乃復遠涉域外，深蒐勤耘。英法雨夕，俄土霜晨。書跡讎校，文義酌斟。筆刊手錄，庶

幾全真。敦煌散帙，賴免湮淪。巋然嶽峙，獎譽駢臻。學界中外，矩矱溥循。

　　斆學不厭，晚節彌堅。蒞聘東吳，允稱高年。門人填咽，敬禮尤虔。經承明指，飛騫聯翩。絃歌敷洽，二紀講筵。罷席揖謝，抽簪林泉。寄跡鬧市，心遠地偏。凌風舒嘯，對月悟禪。浮丘挹袖，洪崖拍肩。欣覬永歲，椿壽八千。詎云訃告，馭鶴賓天。皎皎玉質其泯滅兮，琅琅金聲竟難旋！

　　仰追令典，孺慕耆賢。芳菲供奠，百果薦前。馨香獻祭，酒餚時鮮。鑒此心素，上徹幽玄。哀哉尚
饗

國家圖書館出版品預行編目

古典散文導論 / 林伯謙著. - 一版.

臺北市：秀威資訊科技, 2005[民 94]

面；　公分. - 參考書目：面

ISBN 978-986-7263-01-8(平裝)

1. 中國散文

825　　　　　　　　　　　　94001773

 語言文學類　AG0021

古典散文導論

作　　者 / 林伯謙
發 行 人 / 宋政坤
執行編輯 / 魏良珍
圖文排版 / 張慧雯
封面設計 / 羅季芬
數位轉譯 / 徐真玉　沈裕閔
圖書銷售 / 林怡君
網路服務 / 徐國晉
出版印製 / 秀威資訊科技股份有限公司
　　　　　台北市內湖區瑞光路 583 巷 25 號 1 樓
　　　　　電話：02-2657-9211　　　傳真：02-2657-9106
　　　　　E-mail：service@showwe.com.tw
經 銷 商 / 紅螞蟻圖書有限公司
　　　　　台北市內湖區舊宗路二段 121 巷 28、32 號 4 樓
　　　　　電話：02-2795-3656　　　傳真：02-2795-4100
　　　　　http://www.e-redant.com

2005 年 2 月 BOD 一版　2006 年 12 月 BOD 二版
定價：140 元

讀　者　回　函　卡

感謝您購買本書，為提升服務品質，煩請填寫以下問卷，收到您的寶貴意見後，我們會仔細收藏記錄並回贈紀念品，謝謝！

1.您購買的書名：＿＿＿＿＿＿＿＿＿＿＿＿＿＿＿＿＿＿

2.您從何得知本書的消息？

　　□網路書店　　□部落格　　□資料庫搜尋　　□書訊　　□電子報　　□書店

　　□平面媒體　　□ 朋友推薦　　□網站推薦 □其他＿＿＿＿＿＿

3.您對本書的評價：(請填代號　1.非常滿意 2.滿意 3.尚可 4.再改進)

　　封面設計＿＿　版面編排＿＿　內容＿＿　文/譯筆＿＿　價格＿＿

4.讀完書後您覺得：

　　□很有收獲　□有收獲　□收獲不多　□沒收獲

5.您會推薦本書給朋友嗎？

　　□會　□不會，為什麼？＿＿＿＿＿＿＿＿＿＿＿＿＿＿＿＿＿

6.其他寶貴的意見：＿＿＿＿＿＿＿＿＿＿＿＿＿＿＿＿＿＿＿

＿＿＿＿＿＿＿＿＿＿＿＿＿＿＿＿＿＿＿＿＿＿＿＿＿＿＿＿

＿＿＿＿＿＿＿＿＿＿＿＿＿＿＿＿＿＿＿＿＿＿＿＿＿＿＿＿

＿＿＿＿＿＿＿＿＿＿＿＿＿＿＿＿＿＿＿＿＿＿＿＿＿＿＿＿

讀者基本資料

姓名：＿＿＿＿＿＿＿＿＿＿　年齡：＿＿＿＿　性別：□女 □男

聯絡電話：＿＿＿＿＿＿＿＿　E-mail：＿＿＿＿＿＿＿＿＿＿

地址：＿＿＿＿＿＿＿＿＿＿＿＿＿＿＿＿＿＿＿＿＿＿＿＿＿

學歷：□高中(含)以下　　□高中　　□專科學校　　□大學

　　　□研究所(含)以上 □其他＿＿＿＿＿＿＿

職業：□製造業 □金融業 □資訊業 □軍警 □傳播業 □自由業

　　　□服務業 □公務員 □教職　　□學生 □其他＿＿＿＿＿＿

To：114

台北市內湖區瑞光路 583 巷 25 號 1 樓

秀威資訊科技股份有限公司　　　收

寄件人姓名：

寄件人地址：□□□

（請沿線對摺寄回,謝謝!）

秀威與 BOD

BOD（Books On Demand）是數位出版的大趨勢,秀威資訊率先運用 POD 數位印刷設備來生產書籍,並提供作者全程數位出版服務,致使書籍產銷零庫存,知識傳承不絕版,目前已開闢以下書系:

一、BOD 學術著作—專業論述的閱讀延伸

二、BOD 個人著作—分享生命的心路歷程

三、BOD 旅遊著作—個人深度旅遊文學創作

四、BOD 大陸學者—大陸專業學者學術出版

五、POD 獨家經銷—數位產製的代發行書籍

BOD 秀威網路書店：www.showwe.com.tw

政府出版品網路書店：www.govbooks.com.tw

永不絕版的故事·自己寫·永不休止的音符·自己唱